Am
Stori!

Am Stori!

y Lolfa

Argraffiad cyntaf: 2014
© Hawlfraint y Lolfa Cyf. a'r awduron unigol, 2014
© Hawlfraint 'Stori'r tymhorau': Ystâd T. Llew Jones,
gyda diolch i Emyr Llywelyn a Iolo Jones.

Cynllun y clawr: Y Lolfa
Lluniau: Peter Stevenson

Rhif Llyfr Rhyngwladol: 978 1 84771 855 6

Dymuna'r cyhoeddwyr gydnabod cymorth ariannol
Adran Addysg a Sgiliau Llywodraeth Cymru.

Cyhoeddwyd ac argraffwyd yng Nghymru
ar bapur o goedwigoedd cynaladwy gan
Y Lolfa Cyf., Talybont, Ceredigion SY24 5HE
e-bost ylolfa@ylolfa.com
gwefan www.ylolfa.com
ffôn 01970 832 304
ffacs 01970 832 782

Cynnwys

Cyflwyniad

Fe ddweda i gyfrinach wrthot ti. Dere â dy glust yn agosach. Mae miloedd ar filoedd o straeon o'n cwmpas ni bob awr o'r dydd. Cant ar y bws. Chwech ar fainc yr ysgol a miloedd mwy yn cael eu cario ar y gwynt. Ti'n gweld, dwi ddim yn credu rhywun sy'n dweud nad oes ganddyn nhw syniad am stori. Dim ond rhai sy'n mynd o gwmpas â'u clustiau a'u llygaid ar gau sy'n methu â meddwl am UN stori. Mae 'na stori mewn hen fotwm. Mae 'na stori mewn cân. Mae 'na stori mewn hen ddilledyn o siop elusen. Mae 'na stori mewn hen degan. Ac os agori di dy lygaid a mynd o gwmpas yn hollol effro, fe fydd straeon yn dod atat ti bob dydd a phob awr, a'r unig broblem fydd gen ti yw dewis pa rai i'w sgwennu.

Dechrau da

Dwi wedi cau sawl llyfr ar ôl darllen dim
ond tudalen neu ddwy. Os dwi'n gwneud
hynny, dyw'r llyfr ddim wedi fy nal. Ddim
wedi goglais fy nychymyg. Ddim wedi
cydio ynof i. Mae'n bwysig cael dechrau da
sy'n denu'r darllenydd i ddarllen ymlaen.
Weithiau, os nad yw'r dechrau'n cydio,
mae'n syniad i ddechrau drwy sgwennu
diwedd y stori a gweld beth ddigwyddith!

Cymeriadau bywiog

Mae'n rhaid inni deimlo rhywbeth am ein
cymeriadau. Dwi eisiau gweld beth yw eu
gobeithion, eisiau gwybod eu hofnau, eisiau
gwybod beth sy'n mynd trwy eu meddyliau
a theimlo fy mod yn eu hadnabod. Dwi
eisiau iddynt ddatblygu a dysgu rhywbeth
am eu taith drwy'r stori.

Digwyddiadau

Mae'n rhaid cael digwyddiadau cyffrous

i ddenu'r darllenydd ymlaen ac mae
cydbwysedd rhwng disgrifio a deialog yn
bwysig. Does dim byd gwaeth na deialog
hir, sy'n dweud dim am y cymeriadau neu'r
digwyddiadau, neu ddisgrifiadau diddiwedd
sy'n arafu'r darllen. Rhaid i ti ddewis pa
fath o stori fydd hi. Efallai dy fod yn hoff
o straeon dditectif. Efallai dy fod yn hoffi
straeon am fampirod. Beth bynnag yw dy
hoff fath o lyfr, cofia bod arddull arbennig i'r
math hwnnw.

Deialog

Dwi'n hoffi siarad. Dwi'n hoffi clywed pobol
eraill yn siarad hefyd. Dwi'n hoffi gwrando
arnyn nhw mewn caffis a chlustfeinio
arnyn nhw mewn siopau. Mae'r ffordd
mae rhywun yn siarad yn dweud cymaint
amdanyn nhw. O'r geiriau maen nhw'n eu
defnyddio, i rythm eu brawddegau, mae
deialog yn arf cyffrous i unrhyw un sy'n
sgwennu stori.

Diweddglo

Dwi'n meddwl mai un o'r pethau anoddaf
am sgwennu stori yw'r diweddglo. Mae'n
rhaid dewis diwedd yn ofalus. Weithiau,
mae'r stori fel petai'n sgwennu'r diweddglo
ei hun ond, weithiau, mae sawl dewis. Dwi'n
hoffi diweddglo sy'n gwneud i mi feddwl.
Dwi ddim eisiau diweddglo 'happy ever after'
bob tro. Wedi'r cyfan, mae bywyd yn fwy
cymhleth na hynny. Ond, mewn gwirionedd,
rhaid cael diweddglo sy'n dweud rhywbeth
ac sy'n gwneud imi gofio'r stori am amser
hir ar ôl cau cloriau'r llyfr. Wedi'r cyfan,
diwedd y stori weithiau yw ei dechrau hi…

Caryl Lewis

Am stori!

Mared Llwyd

Syllodd Siôn yn hir ar y dudalen wen, wag o'i flaen. Syllodd a syllodd a syllodd, cyn ochneidio'n ddigalon. Doedd e byth yn mynd i lwyddo i lenwi'r dudalen â geiriau. Wel, nid â geiriau gwerth eu darllen, beth bynnag.

Roedd hi'n nos Sul, a Siôn druan yn chwysu dros y darn o waith cartref y byddai disgwyl iddo'i gyflwyno i Miss Rhys, ei athrawes, fore trannoeth. Roedd hi wedi gofyn i'r dosbarth ysgrifennu stori ar unrhyw destun, heb fod yn hirach na mil o eiriau. Mil o eiriau! Roedd hynny'n ddwy ochr, o leia, sylweddolodd Siôn, a oedd yn cael trafferth cofnodi mwy na brawddeg ar hyn o bryd.

Doedd Siôn ddim yn hoff o ysgrifennu straeon, a doedd e'n sicr ddim yn hoff o wneud gwaith cartref. Byddai'n well o lawer ganddo chwarae pêl-droed neu fynd ar gefn ei feic. Pwy yn y byd gafodd y syniad twp o ddyfeisio gwaith cartref? meddyliodd wrtho'i hun yn flin. Yn enwedig gwaith cartref diflas fel ysgrifennu stori, a hynny ar nos Sul. Hy!

"Wyt ti bron â gorffen, cariad?" Clywodd lais ei fam yn galw arno o'r gegin.

"Ym, ydw, bron..." atebodd Siôn yn

gelwyddog, cyn edrych ar ei oriawr. Hanner awr wedi chwech. Roedd wedi bod wrthi ers bron i ddwy awr a doedd ganddo ddim byd i'w gyflwyno i Miss Rhys – dim ond tudalen wen, wag, ddieiriau! Byddai hi'n siŵr o'i gadw i mewn i wneud y gwaith amser chwarae, fel cosb – ac roedd hynny'n waeth na gorfod ei wneud adre ar nos Sul!

Yn ystod y ddwy awr ddiwethaf roedd e wedi cychwyn ar sawl stori – un am fodau arallfydol o'r blaned Mawrth, un am fôr-ladron anturus o'r Caribî, un am griw o wyddonwyr gwallgof ac un arall am bêl-droediwr yn cystadlu gyda thîm Cymru yng Nghwpan y Byd. Ond, am ryw reswm, doedd e heb gyrraedd yn bell iawn gyda'r un o'r syniadau hynny, a doedd hi ddim yn hir cyn iddo daflu'r darnau papur i'r bin a chychwyn arni eto. Ac eto. Ac eto. Ac eto...

"Wel, bydd swper yn barod mewn llai nag awr, a bydd hi'n amser mynd i'r gwely wedyn, ocê?" galwodd Mam arno eto.

"Iawn, Mam." Ceisiodd Siôn swnio mor ddidaro â phosib. Wedi'r cyfan, doedd e ddim am gyfaddef wrth ei fam fod Miss Rhys wedi gosod y gwaith cartref ers dros wythnos, neu byddai hi'n sicr o roi stŵr iddo am adael popeth tan y funud olaf, fel arfer!

Yn sydyn, daeth cnoc ar ddrws ei ystafell wely.

"Sut mae'r stori'n dod yn ei blaen, Siôn?"

Mari, ei chwaer fawr, oedd yno. Roedd Mari yn yr ysgol uwchradd ac, yn wahanol i Siôn, roedd hi wrth ei bodd yn ysgrifennu straeon ac wedi ennill sawl gwobr dros y blynyddoedd. Roedd hi hefyd yn fusneslyd iawn, ac yn mwynhau dweud wrth ei brawd bach beth i'w wneud.

"Iawn, diolch," atebodd Siôn yn swta wrth i Mari gamu i'r ystafell heb wahoddiad. Roedd chwiorydd mawr yn gallu bod mor ddigywilydd weithiau!

"Dere i fi gael gweld beth rwyt ti wedi'i sgwennu 'te..." cychwynnodd Mari, cyn sylwi ar y papur gwag ar y ddesg o flaen ei brawd. "O... ti'n cael trafferth, wyt ti?" holodd wedyn, mewn llais mwy caredig.

"Nadw, nadw, ym..." cychwynnodd Siôn, ond doedd dim pwynt dweud celwydd. "Wel, ydw. Dwi ddim yn gallu meddwl am syniad da. Dwi wedi cychwyn sawl gwaith ond dydy'r syniadau ddim yn gweithio. Does dim clem gyda fi am beth ddylwn i sgwennu."

"Hmmm..." meddai Mari wrth estyn am y darnau papur o'r bin sbwriel a darllen eu cynnwys. "Hmmm... Dwi'n meddwl dy fod di'n trio'n rhy galed i feddwl am syniad gwahanol. Weithiau, mae'r syniadau gorau yn rhai syml sy'n dod o brofiadau'r awdur."

"Beth?!" holodd Siôn yn ddryslyd. Roedd Mari wedi llwyddo i achosi mwy o benbleth iddo!

"Wel, mae'n haws sgwennu am rywbeth mae gen ti brofiad ohono. Wedi'r cyfan, dwyt ti ddim yn wyddonydd gwallgof nac yn bêl-droediwr enwog, a dwyt ti erioed wedi bod i'r blaned Mawrth! Felly... beth am drio sgwennu stori am fachgen sy'n cael trafferth sgwennu stori? Bachgen sydd wedi bod yn eistedd am oriau wrth ei ddesg yn crafu'i ben, cyn i'w chwaer fawr brydferth, dalentog ddod i gynnig help llaw..."

Syllodd Siôn ar Mari. Oedd hi o ddifri? Stori am fachgen sy'n cael trafferth ysgrifennu stori? Chlywodd e erioed am syniad mor dwp!

"Ym, na, dwi ddim yn meddwl!" atebodd yn swta. "Dwi'n credu fod gen i syniad nawr, beth bynnag. Llonydd sydd ei angen arna i..."

"O, iawn!" meddai Mari'n bwdlyd cyn troi ar ei sawdl a gadael yr ystafell. "Dim ond trio helpu o'n i!"

Ochneidiodd Siôn unwaith eto. Eisteddodd yno am ddeng munud arall, heb gofnodi gair. Dechreuodd deimlo'n euog am fod mor anniolchgar. Roedd Mari'n gweld ei fod e'n cael trafferth ac yn trio bod yn garedig, chwarae teg. Ac roedd hi *yn* dda am ysgrifennu straeon – falle y dylai wrando ar ei chyngor hi...

Cododd Siôn ei feiro a dechrau ysgrifennu ar ddarn glân o bapur, am y pumed tro. Pam lai? meddyliodd wrth gofnodi'r teitl ar ganol y dudalen. Doedd ganddo ddim i'w golli...

Stori Siôn

Syllodd Siôn yn hir ar y dudalen wen, wag o'i flaen. Syllodd a syllodd a syllodd, cyn ochneidio'n ddigalon. Doedd e byth yn mynd i lwyddo i lenwi'r dudalen â geiriau. Wel, nid â geiriau gwerth eu darllen, beth bynnag...

★

Ymhen llai nag awr, wrth i Mam alw arno i ddweud bod swper yn barod, cofnododd Siôn yr atalnod llawn olaf ar waelod ail ochr y darn papur. Roedd e wedi llwyddo i orffen ei stori – hwrê! Roedd ganddo'n agos at fil o eiriau. Darllenodd drosti'n gyflym – oedd, roedd hi'n stori dda – yn un o'r pethau gorau iddo ysgrifennu ers tro. Roedd hi'n unigryw. Fyddai neb o'r plant eraill wedi meddwl am yr un syniad, roedd Siôn yn siŵr o hynny. Bydden nhw i gyd wedi ysgrifennu am fodau arallfydol neu fôr-ladron neu chwaraewyr pêl-droed...

Ac, yn bwysicach fyth, roedd e wedi mwynhau ei hysgrifennu hi, yn y diwedd. Weithiau, roedd chwiorydd mawr yn gallu bod yn ddefnyddiol, meddyliodd Siôn wrth ddiffodd golau'r lamp fach ar ei ddesg. Ond fyddai e byth yn cyfaddef hynny wrth Mari, wrth gwrs!

Arwyn Anobeithiol

Leusa Fflur Llewelyn

Roedd Arwyn druan yn gwbwl anobeithiol. Er brwsio ei wallt bob bore, fe sticiai i fyny fel top pinafal o fore gwyn tan nos.

Roedd Arwyn yn byw mewn bwthyn bach

blêr a'i do yn anobeithiol o gam. Roedd y
tŷ eiliadau'n rhy bell o'r arhosfan bysiau i
ddal y bws mewn pryd bob bore. Anobeithiol!
Tu mewn i'r tŷ to cam, roedd ei dap dŵr yn
dripian drwy'r adeg. Roedd yn cadw sŵn
drip-drip-drip drwy'r nos a'r dydd. Gwichiai
ei wely yn drybeilig, a gwichiai dwy lygoden
fach o dan ei wely hefyd. Wrth ddefnyddio'r
popty i goginio, roedd bob amser yn llawer
rhy oer, neu'n llawer rhy boeth. Gorfod bwyta
ei bitsa wedi rhewi, neu wedi llosgi'n ddu
oedd ei hanes bob nos.

Tu allan i'r bwthyn bach blêr roedd gan
Arwyn geiliog o'r enw Ted, a fynnai ganu
drwy'r nos a chysgu'n drwm drwy'r dydd.
Yn gwmni i Ted, roedd dwy iâr fach wen
anobeithiol o'r enw Ffranc a Ffranc nad
oedden nhw wedi dodwy wy erioed.

★

Un bore, deffrodd Arwyn yn flinedig iawn.
Roedd yn amhosibl cysgu i gyfeiliant y

ceiliog yn canu, ei wely yn gwichian, y llygod bach yn gwichian yn uwch, y tap yn drip-dripian, a'i fol yn chwyrnu'n llwglyd gan iddo losgi ei bitsa. Penderfynodd Arwyn fod hyn yn gwbwl anobeithiol, a bod angen swydd arno.

Rhedodd ar ôl y bws yr holl ffordd at y Ganolfan Waith, a'i wallt yn pwyntio tuag at y cymylau.

Safai Mrs Llwyd y tu ôl i'r cownter, fel dol Rwsiaidd fodlon ei byd, a'i gwallt brith mewn bynsen fach daclus. Edrychodd ar Arwyn o'r tu ôl i'w sbectol.

"Bore da, syr! Sut fath o swydd hoffech chi?" holodd yn garedig.

"Wel... yyy... dwn i'm..." atebodd Arwyn, allan o wynt yn lân ar ôl rhedeg mor bell.

"Beth am swydd yn Siop Esgidiau Esmeralda? Mae hi'n chwilio am brentis! I ffwrdd â chi, bydd y siop yn agor mewn pum munud!"

A chyn i Arwyn gael cyfle i weiddi dim

ond "Diolchynfawr!" a chael ei wynt ato, roedd yn rhedeg am y Siop Esgidiau.

★

Roedd y Siop Esgidiau ac Esmeralda, y bòs, yn arogli fel lledr a thraed drewllyd. Ar ei gorchymyn swta, aeth Arwyn ati i dacluso'r silffoedd.

"Ding!" meddai drws y siop ac fe gerddodd môr-leidr i mewn gyda pharot coch ar ei ysgwydd.

"ARRRR, helô 'na! Barti ydw i! Tybed ydych chi'n gwerthu esgidiau fesul un? Mae gen i un goes bren, welwch chi, a does dim angen esgid ar honno. Mae pâr yn costio ugain punt, ond dim ond un sydd ei hangen arna i. Ga' i brynu un esgid am ddeg punt?"

Ystyriodd Arwyn am eiliad, cyn penderfynu fod hyn yn gwneud synnwyr llwyr. Pam ddylai'r môr-leidr dalu am ddwy esgid os mai dim ond un oedd ei hangen arno?

"Esgid troed dde, neu esgid troed chwith gymerwch chi, Mr Barti?" atebodd Arwyn.

"Esgid troed dde os gwelwch yn dda, a bag plastig. Diolch yn fawr i chi."

"Deg punt a phum ceiniog felly plis, Mr Barti."

Ac i ffwrdd â'r môr-leidr dan ganu, gyda'i esgid newydd sbon.

Yn sydyn, neidiodd Arwyn wrth i lais trwynol Esmeralda floeddio drwy'r siop,

"Arwyyyn! Pam ar wyneb y ddaear fod un esgid fach drist yn eistedd ar ei phen ei hun yn fama? Mae pawb yn gwybod fod esgidiau yn cael eu gwerthu fesul pâr! Rŵan, dos adre, y cnaf anobeithiol, a phaid byth â dod yn ôl!"

A chyn i Arwyn gael cyfle i esbonio nac i ymddiheuro, roedd drws y siop esgidiau wedi cau'n glep arno, a'r esgid ddi-werth yn ei law. Dychwelodd Arwyn adref yn ddigalon, ond roedd Ffranc a Ffranc yr ieir yn falch o'i weld. Bwydodd y ddwy efo india corn, a mynd am ei wely gwichlyd yn llwglyd, gan nad oedd ganddo bres i brynu pitsa.

★

Trannoeth, galwodd heibio'r Ganolfan Waith unwaith eto.

"Wel helô, syr! Neis eich gweld chi unwaith eto. Mae gen i'r swydd berffaith i chi! Mae Sali'n edrych am rywun i'w helpu yn ei chaffi."

Roedd y pentwr llestri budron yn y caffi yn uwch na tho tŷ Arwyn.

Cwsmer cyntaf y bore oedd bachgen ifanc gyda chap pig ar ei ben a bag ar ei gefn.

"Bore da!" meddai'r bachgen yn gwrtais. "Huwi ydw i. Ga' i frechdan ham a salad, os gwelwch yn dda? Ond mae'n gas gen i'r crystiau, a'r ciwcymbyrs, diolch yn fawr."

Am fachgen ifanc cwrtais, meddyliodd Arwyn wrth dorri'r crystiau oddi ar y frechdan, a thynnu'r ciwcymbyrs o'i chrombil.

"Dwy bunt pum deg, os gweli di'n dda," meddai Arwyn.

"O diar!" atebodd y bachgen. "Dim ond dwy bunt sydd gen i! Ond mae'n siŵr fod y crystiau a'r ciwcymbyrs werth pum deg ceiniog."

Ystyriodd Arwyn am eiliad. Hm, roedd hynny'n gwneud synnwyr perffaith iddo. Cymerodd y ddwy bunt a ffarwelio â Huwi.

Teimlodd rywun yn anadlu ar ei war, a throdd ei ben yn betrus. Sali oedd yno, yn dal bag papur yn ei llaw, a golwg flin iawn ar ei hwyneb.

"Y twpsyn anobeithiol! Does dim gostyngiad pris o dynnu crystiau a chiwcymbyrs! Dos adre ar unwaith, a dos â'r crystiau a'r ciwcymbyrs hefo ti!"

Ymlwybrodd Arwyn yn drist am adref. Bwydodd y crystiau i'r llygod bach dan ei wely a rhoddodd y ciwcymbyrs ym mowlen fwyd Ted y ceiliog iddo gael eu bwyta yn y nos.

★

Trannoeth, cyn iddo gael cyfle i adael unwaith eto am y Ganolfan Waith daeth cnoc ar y drws. Môr-leidr oedd yno.

"ARRR, helô 'na. Hariet ydw i! Mae Barti wedi fy ngyrru draw i'ch gweld chi! Mae gen innau goes bren, a meddwl oeddwn i tybed a ydi'r esgid chwith yn sbâr gennych chi? Mi dala i ddeg punt i chi amdani!"

"Wel, fel mae'n digwydd, yndi! Ond gymera i ddim ceiniog amdani," atebodd Arwyn.

"Wel, diolch yn fawr! Oes unrhyw beth y galla i ei wneud yn gyfnewid am yr esgid? Mi alla i glywed fod eich tap dŵr yn dripian. Fel môr-leidr, dwi wedi hen arfer trwsio peips dŵr!"

Ac fe drwsiodd Hariet y tap mewn dau funud, a'r popty hefyd. Roedd Arwyn wrth ei fodd.

"Galwch heibio eto, a dewch â Barti hefo chi!" meddai wrth ffarwelio â Hariet.

Cyn i Arwyn gael cyfle i frwsio ei

ddannedd na choginio pitsa i frecwast, daeth cnoc arall ar y drws. Huwi oedd yno.

"Mae gen i ofn nad ydi'r crystiau na'r ciwcymbyrs gen i," meddai Arwyn cyn i Huwi gael cyfle i ddweud bw na be.

"Ych a fi!" atebodd y bachgen. "Pam wyt ti'n meddwl y byddwn i eisiau'r rheiny? Y rheswm y dois i draw oedd fod dy geiliog di'n ein cadw ni a gweddill y stryd yn effro drwy'r nos! Ond paid poeni, roedd Dad yn arfer byw ar fferm pan oedd yn blentyn, a meddwl oedden ni tybed a hoffet ti help i hyfforddi'r ceiliog i ganu yn y bore yn hytrach na'r nos?"

Roedd Arwyn wrth ei fodd! O fewn awr, roedd Huwi wedi hyfforddi'r ceiliog ac wedi cael gair yng nghlustiau'r ieir.

"Diolch o galon!" galwodd ar Huwi ar ôl iddo fod yn siarad â'r ceiliog. "Galwa heibio eto yn fuan, a ty'd â dy dad hefyd!"

Y noson honno fe gysgodd Arwyn fel brenin heb ddripian y tap i'w boeni. Fe

ganodd Ted y ceiliog am wyth y bore, a phan
gododd Arwyn cafodd syrpréis o weld fod
Ffranc a Ffranc wedi dodwy wy yr un dros
nos!

Roedd wrthi'n berwi wy i frecwast, cyn ei
throi hi am y Ganolfan Waith, pan ddaeth
cnoc fawr ar y drws. Yno, yn un rhes hir, safai
Barti a Hariet y môr-ladron, Huwi a'i dad, a
gweddill ei gymdogion.

"Bore da, Arwyn!" gwaeddodd rhywun.
"Rydyn ni wedi clywed dy fod di'n gwerthu
pob math o bethau anobeithiol. Oes gen ti
glust hen gwpan i mi gael gwneud model o
eliffant? Fe dorra i dy lawnt..."

"Oes gen ti olwyn hen feic i mi adeiladu
beic un olwyn? Mi gei di reid i'r dre bob bore
arno..."

"Oes gen ti hen gynfas tyllog ar gyfer fy
ngwisg ffansi Calan Gaeaf? Croeso i ti ddod
hefo fi i'r parti!"

Gwenodd Arwyn o glust i glust, roedd
ganddo lond tŷ to cam o bethau cwbwl

anobeithiol. Agorodd ei ddrws led y pen a gwahodd ei ffrindiau newydd i'w gartref. Ac am y tro cyntaf erioed, teimlai Arwyn nad oedd mor anobeithiol â hynny wedi'r cwbwl.

Chwarae'n troi'n chwerw

Stella Gruffydd

"Na, Emyr, chei di ddim tynnu'r beic allan o'r sied am o leia fis arall," dywedodd Elen Jones, ei fam.

"Ond Mam, fe fydd gwylia'r haf drosodd erbyn hynny," protestiodd Emyr.

"Dim ond newydd ddod dros y ffliw wyt

ti," atebodd Mam. "Mae'n rhaid i ti fod yn ofalus."

"Ond rydw i'n iawn nawr."

"Dyna ddigon," meddai ei fam yn bendant. "Fe gei di fynd am dro am ychydig, ond tyrd yn ôl erbyn amser cinio am hanner awr wedi deuddeg."

"Iawn," ochneidiodd Emyr.

Roedd Emyr wedi cael llond bol ar ei fam yn ffysian drwy'r amser. Roedd hi'n ei drin fel bachgen bach ac yntau'n ddeuddeg oed.

Aeth Emyr yn syth i dŷ Geraint, ei ffrind gorau. Roedd y ddau yr un oed ac yn ffrindiau mawr ers blynyddoedd.

Pan gyrhaeddodd Emyr dŷ ei ffrind, roedd Geraint wrthi'n brysur yn pwmpio teiar ei feic.

"Ble mae dy feic di?" gofynnodd Geraint.

"Yn y sied," meddai Emyr yn ddigalon. "Dim beic heddiw meddai Mam."

"Ond rwyt ti'n well erbyn hyn!" dywedodd Geraint.

"Dwi'n gwybod," atebodd Emyr. "Ond does dim pwynt dweud hynny wrth Mam, dydy hi byth yn gwrando."

"Wyt ti eisiau mynd am dro i Bant-du? Fe alla i gerdded a gwthio'r beic. Bydd yn gyfle da i mi weld ydy'r teiar yma'n dal gwynt," meddai Geraint.

Cerddodd y ddau i fyny allt Pant-du. Ar ôl cyrraedd y top, eisteddodd y ddau am amser hir yn siarad am fynd yn ôl i'r ysgol ymhen tair wythnos. Roedd y ddau yn yr un dosbarth, yn chwarae'r trwmped ac yn perthyn i fand yr ysgol.

Yn sydyn, neidiodd Emyr ar ei draed. "Faint o'r gloch ydy hi?" gwaeddodd.

Edrychodd Geraint ar ei oriawr. "Newydd droi hanner awr wedi un," meddai.

"O na!" meddai Emyr. "Dywedodd Mam fod cinio'n barod am hanner awr wedi deuddeg. Dwi'n hwyr!"

Dechreuodd redeg yn wyllt i lawr y llwybr.

"Hei, Emyr! Aros!" gwaeddodd Geraint ar

ei ôl. "Fe fyddi di adre dipyn cynt os gei di reid ar y beic."

"Iawn," atebodd Emyr mewn panig.

Neidiodd y ddau ar y beic, Emyr ar y sedd yn gafael yn dynn am ganol Geraint, a Geraint yn llywio. Roedd y beic yn mynd yn gynt ac yn gynt. Ceisiodd Geraint arafu ond doedd y brêcs ddim yn gweithio'n dda iawn. Gwasgodd y brêcs yn galed. Stopiodd y beic yn stond, syrthiodd Geraint ac Emyr dros y beic a glanio ar y ffordd galed.

★

Doedd Emyr ddim wedi ei anafu'n ddrwg ond roedd Geraint wedi anafu ei wyneb ac wedi colli dau ddant blaen. Dywedodd y doctor yn yr ysbyty wrtho na fyddai'n gallu chwarae'r trwmped am amser hir iawn.

Ar ôl cyrraedd adref o'r ysbyty dywedodd ei fam wrth Emyr am beidio â mynd yn agos at Geraint fyth eto.

"Mae'r bachgen yna'n dy arwain i drwbwl o hyd," dywedodd yn gas.

"Ond Mam, Geraint ydy fy ffrind gorau," atebodd Emyr.

"Ddim o hyn ymlaen," meddai ei fam yn gadarn.

Roedd Geraint yn methu â deall pam na ddaeth Emyr i'w weld ar ôl y ddamwain. Aeth i dŷ Emyr sawl gwaith ond doedd neb yn ateb y drws, a mam Emyr fyddai'n ateb y ffôn bob tro ac yn dweud nad oedd Emyr ar gael.

Ym mis Medi, aeth pawb yn ôl i'r ysgol. Ar y bws ysgol, eisteddodd Emyr mor bell ag y gallai oddi wrth Geraint. Ceisiodd Geraint siarad ag Emyr ond cerddai Emyr i ffwrdd bob tro heb ddweud gair. Doedd Geraint ddim yn deall. Nid ei fai ef oedd y ddamwain ac roedd y ddau ohonyn nhw i fod yn ffrindiau gorau.

Roedd Emyr yn ei gweld yn rhyfedd iawn yn ymarfer y band heb Geraint. Roedd yn meddwl llawer amdano, ond ni feiddiai siarad ag ef – byddai ei fam yn mynd yn wallgo!

Ym mis Hydref, roedd pen-blwydd Geraint yn 13 oed a chafodd set o ddrymiau gan ei rieni. Roedd wrth ei fodd a daeth ei ffrindiau draw i weld y drymiau newydd. Pawb ond Emyr.

Un noson, daeth cnoc ar ddrws Geraint. Emyr oedd yno.

"Helô," dywedodd gan edrych i lawr ar ei draed.

"Haia," atebodd Geraint yn swta. "Beth wnest ti, taro dy ben yn y ddamwain beic ac anghofio pwy oedd dy ffrind gorau?"

"Na," atebodd Emyr. "Mae'n ddrwg gen i. Ond dywedodd Mam wrtha i am chwilio am ffrind arall yn dy le di."

"Ac mae'n rhaid gwrando ar beth mae Mam yn ei ddweud bob amser," meddai Geraint.

"Paid â bod fel 'na, Geraint," meddai Emyr. "Dydy Mam ddim yn gwybod 'mod i yma.

Mae'r bachgen sy'n chwarae drymiau ym mand yr ysgol yn rhoi'r gorau iddi. Fyddet ti'n hoffi dod i chwarae drymiau yn ei le?"

"Dim diolch," atebodd Geraint.

"Pam?" gofynnodd Emyr. "Bydden ni'n gallu cael hwyl eto, heb i Mam wybod dim."

"Na," dywedodd Geraint yn bendant. "Mae ffrindiau da yn aros gyda'i gilydd drwy bopeth. Cer adre at Mami!"

Aeth Geraint i'r tŷ a chau'r drws yn glep.

Fi ydi fi

Haf Llewelyn

Mi fues i'n credu mewn tylwyth teg unwaith, ac mae gen i ffrind sydd yn mynnu fod dyn gwyrdd wedi glanio ar ei sil ffenest un noson. Mae hi'n taeru ei fod o wedi dwyn ei hymennydd – wel, y rhan honno o'i hymennydd sydd yn dda mewn mathemateg. Ond roedd hynny yn yr amser pan oedd unrhyw beth yn bosib, pan oedd gwrachod yn byw dan y gwely a llygod yn bwyta caws ar y lleuad.

Dydw i ddim yn credu mewn rhywbeth nad ydw i'n gallu ei gyffwrdd. Mae gen i Nain – mae hi'n hyfryd, yn glên, yn ffeind – ond pan mae hi'n mynnu ei bod hi newydd fod yn siopa efo Anti Mags (sydd wedi marw ers 1989), dwi'n gwenu arni ac yn rhoi joch reit dda o frandi yn ei phaned, ac mi eith hi i gysgu ac anghofio ei bod hi wedi gadael ei siopa i gyd ar y bws.

Mymbo jymbo, dwlál, rwtsh, lol. Dyna ydi *sci-fi*, ysbrydion, bwci bôs, rhag-weld y dyfodol a hud a lledrith, a dyna fo.

Wel... dyna *ro'n* i'n ei feddwl, beth bynnag.

Dewch i mi ddechrau yn y dechrau. Mi wna i ddisgrifio fy hun i chi, i chi gael y darlun yn gywir.

Dwi'n denau, yn dal ac mae gen i fop o wallt du cyrliog, felly pan dwi'n sefyll, dwi'n edrych braidd fel lolipop. Roedd fy nannedd i'n gam felly dwi'n gorfod gwisgo brês i'w sythu nhw, a phan dwi'n gwenu, dwi'n edrych fel anghenfil. Gan fod gen i ddwy chwaer hŷn, dwi'n gorfod gwisgo'r dillad sydd wedi mynd yn rhy fach iddyn nhw. Yr unig broblem ydi, maen nhw'n rhy fach i fi hefyd, felly dwi'n edrych fel taswn i wedi cael fy nhywallt i mewn i'r sgert a'r siwmper ysgol.

Dwi'n gorfod gwisgo sbectol achos dwi ddim yn gweld pellach na 'nhrwyn, a sôn am drwynau – mae fy un i â thro bach yn ei flaen. Felly, mae o'n edrych fel petai'n troi ar i fyny, ac mae hynny'n niwsans achos mae rhai pobl yn meddwl 'mod i'n troi fy nhrwyn arnyn nhw, ac yn snob. Ond dydw i ddim o gwbwl! Dwi'n licio pawb... Wel, bron pawb.

Dwi'n licio pawb ond Maddie. Ocê, mae o'n enw iawn, yn tydi? Heblaw, pan mae hi'n ei ddweud o'n grand i gyd mae o'n swnio fel hyn – *Meaddiee*. Ond pan mae'r athrawon, a phawb arall, yn ei ddweud o mae o'n swnio fel *Madi*, a dyna ran o'r broblem, dwi'n meddwl, achos fy enw i ydi Medi. Felly, weithiau, pan fydd fy ffrindiau i'n gweiddi arna i, mae Maddie'n troi, a phan fydd ei ffrindiau hi'n gweiddi arni hi, mi fydda i'n troi i ateb. Dydi Maddie ddim yn licio hynny O GWBWL!

Pam? Wel, mae hi'n un o'r merched hynny na fyddai byth yn hoffi cael ei chamgymryd am rywun fel *fi*.

Iawn, mi wna i ei disgrifio hi, i chi gael yr ail ddarlun yn iawn. Dyma Maddie:

Dydi hi ddim yn dal, nac yn fyr, ddim yn dew nac yn denau. Mae hi'r maint perffaith. Mae ei gwallt brown bob amser wedi ei sythu ac yn bihafio fel mae gwallt i fod i'w wneud. Mae ei gwallt hi'n berffaith. Uwchben ei llygaid gwyrdd, anferth mae ganddi flew llygaid hir, hir, a'i haeliau wedi eu siapio fel dau fwa cymesur, perffaith. Mae ganddi drwyn bach twt a dannedd gwyn, syth, perffaith.

Mae hi'n prynu ei dillad i gyd o ryw siop yn Llundain ac mae hi'n cael dillad ysgol

newydd bob hanner tymor o leiaf. Mae
rhywun yn dod i'w nôl at ddrws yr ysgol,
mewn car gwahanol bron bob wythnos. Dydi
hi ddim yn gorfod dioddef antics yr hogiau ar
y bws ysgol ac mae'n debyg fod ei thŷ hi fel
rhywbeth allan o ffilm. Dwi'n teimlo'n sâl yn
meddwl amdani a dweud y gwir. Oherwydd
mae pob dim am Maddie yn… *berffaith*.

A dyna ddechrau'r helynt – meddwl wnes
i ryw noson, pa mor braf fyddai bod yr un
fath â Maddie. Ocê, nid yn union yr un fath
â hi, ond bod *ychydig bach* yn fwy tebyg
iddi efallai? Edrychaf arnaf fy hun yn y
drych weithiau cyn mynd i'r gwely a thrio
dychmygu sut y byddwn i'n edrych petawn
i'n sythu fy ngwallt ac yn tynnu'r brês oddi
ar fy nannedd. A meddwl pa mor braf fyddai
cael gwallt syth, taclus, a blew llygaid hir, a
dillad ffasiynol, a rhywun yn fy nôl i at ddrws
yr ysgol mewn car sgleiniog coch a'r to i
lawr…

Pan godais i drannoeth, roedd yr haul wedi

gwthio ei ffordd i mewn i'r stafell, ac roeddwn i'n gwybod fy mod i'n hwyr i'r ysgol. Ond, fel arfer, pan fydda i'n hwyr, fydda i ddim yn poeni rhyw lawer, dim ond taflu fy nillad amdanaf, a rhoi dŵr dros fy ngwallt iddo beidio sticio i fyny. Rhoi colur dros y sbotyn ar flaen fy nhrwyn, cipio tost, a'i Usain Bolt-io hi am y bws ysgol.

Ond pan laniodd fy nwy droed ar lawr fy ystafell wely bore 'ma, roeddwn i'n gwybod fod rhywbeth anferth o enfawr, maint yr Wyddfa o fawr, o'i le. Doedd gen i ddim amser i edrych yn y drych, dim ond lluchio dillad amdanaf. Roedd hi'n ugain munud i naw! Neidiais i lawr y grisiau, tri ar y tro, a hedfan trwy'r drws ac i lawr y ffordd efo rhyw ddynes yn bloeddio yn y drws:

"Meeeeedi, dyma dy doooost diii! Be wyt ti wedi ei wneeeud i dy waaallt?!"

Roedd y bws yno'n aros, felly rhoddais naid i mewn iddo a rhuthro am sêt, unrhyw sêt. Ond cyn i mi fedru pasio'r gyrrwr, rhoddodd ei law allan a gofyn am gael gweld fy nhocyn i. Edrychodd yn od arna i a gofyn a oeddwn i'n edrych ymlaen at fynd i fy ysgol newydd. Er fy mod i'n adnabod y plant o fy amgylch, doedden nhw ddim yn bihafio'r un fath heddiw rywsut. Rhoddais fy llaw i fyny at fy nhrwyn i godi fy sbectol, ond doedd hi ddim yno. Yna, cofiais fy mod wedi anghofio glanhau'r brês ar fy nannedd. Agorais fy ngheg. Doedden nhw ddim yno chwaith! Dyna pryd y digwyddais i edrych ar fy adlewyrchiad yn ffenest y bws. Adlewyrchiad ohonof fy hun? Nage, nid *fi* MEDI oedd yno o gwbwl, ond *hi* MADDIE! O-MAM-BACH-DWI-WEDI-NEWID-I-MADDIE-DROS-NOS!

Arhosodd y bws a daeth Del i mewn. Un o ffrindiau pennaf Maddie ydi Del a goleuodd ei hwyneb pan welodd fi'n eistedd yno, a sedd wag wrth fy ymyl.

"Haia Maddie, be *ti'n* neud yma?" holodd. Fedrwn i ddim dweud dim byd, dim ond gwenu'n hurt arni, tra oedd Del yn parablu ymlaen ac ymlaen am ba mor ddel oedd fy ngwallt i, a'n sgidia i a fy ewinedd coch i a... ewinedd COCH. O na, dwi'n mynd i gael fy lladd gan Mrs Eds, Coginio.

Gwyddoniaeth dwbwl oedd y wers gyntaf ac, yn sydyn, roedd arna i ofn. Nid ofn bach, nid rhyw deimlo ychydig bach yn nerfus, ond ofn go iawn. Eisteddais yn sêt arferol Maddie a gallwn weld Miss Tegid yn edrych arna i, a rhyw olwg 'o na' yn ei llygaid. Roedd yn rhaid i ni weithio efo partner a ches i fy rhoi efo Wayne, sydd yn gwybod pob dim am hylifau a solidau a phob dim fel 'na. Roeddwn i'n teimlo mor dwp, fedrwn i ddim ateb yr un cwestiwn. Roedd fy mol i'n troi, roedd arna i gymaint o ofn i Miss Tegid ofyn i mi am ateb. Ond bob tro roedd ei llygaid hi'n disgyn arna i roedd yr olwg 'o bechod, biti drosti' yn dod i'w llygaid. Roedd fy nhu mewn i'n berwi – dwi'n dda i ddim, yn anobeithiol am bob dim.

Sut ydw i i fod i wneud yn dda yn yr ysgol? Does 'run o fy ffrindiau yn fy adnabod i go iawn, nag oes? Fi ydi Maddie y ferch ffasiynol, hyderus efo'r bywyd perffaith, efo car yn dod i fy nôl i bob pnawn ar ôl gorffen yr ysgol. Ond dydi Mam ddim yn aros am funud i feddwl sut ydw i'n teimlo, ac mae Dad mor brysur yn trefnu ei deithiau golff a'i gleients pwysig. Dydi o ddim yn sylwi 'mod i yno, cyn belled â fy mod i'n bihafio ac yn edrych yn berffaith. Dwi'n ddim ond darn bach perffaith arall o jig-so mawr perffaith eu bywyd nhw. Ond dydi fy nhu mewn i ddim yn berffaith. Dwi eisiau bod fel Medi. Dydi hi ddim yn poeni am ddim byd. Mae ganddi lond pen o gyrls du, sydd yn dawnsio wrth iddi siarad. Mae hi'n dal a gosgeiddig, yn ddoniol a chyfeillgar, efo pawb ond fi. Mae hi'n glyfar, yn cael marciau da ymhob dim, a does arni ddim ofn mynd ar y bws ysgol.

Dwi'n teimlo'r dagrau yn dechrau pigo y tu ôl i fy llygaid. Rhaid i mi frysio i'r toiledau i guddio. Mi fydd fy masgara'n siŵr o redeg a gadael ffosydd bach du ar fy wyneb. Pam na faswn i'n gallu dod i'r ysgol heb roi llond lle o golur fel... Medi? Iawn, dwi am ei ddweud o – dwi eisiau bod fel Medi.

"Maddie, Maddie!"

Mae rhywun yn gweiddi. Del sydd yna, wedi dod i chwilio amdana i. Dwi'n teimlo'n od, yn od iawn, mae rhywbeth anferth o enfawr, mor enfawr â'r Wyddfa, yn bod. Dwi'n dod allan o'r tŷ bach ac yn mynd at y drych. Nid fi sydd yna, ond hi. Mae gen i fop o wallt cyrliog du, sbectol ar fy nhrwyn a brês am fy nannedd. Mae Del yn dod i mewn ac yn edrych yn rhyfedd arna i.

"Haia, Medi," meddai hi. "Wyt ti wedi gweld Maddie? Dwi'n siŵr ei bod hi wedi dod i'r toiledau."

Dwi'n cymryd un cip yn y drych eto, a FI sydd yna go iawn tro yma. Fi, Medi, a dwi mor falch mai fi ydi fi.

Ddaeth Maddie ddim i'r ysgol am bron i

wythnos. A'r diwrnod hwnnw mi es ati hi i eistedd yn y wers Wyddoniaeth. Mi wenodd arna i'n swil. Dydi hi byth yn mynd i fod yn dda mewn Gwyddoniaeth ond does dim ots am hynny. Fedrith pawb ddim bod yn berffaith am bob dim.

Gêm yn lle gwn

Gareth William Jones

Roedd Dai fy mrawd a fi'n credu y byddai'r rhyfel drosodd erbyn y Nadolig. Dyna ddywedodd y sarjant clên yn ffair y dref pan berswadiodd fi a Dai i ymuno â'r Royal Welch Fusiliers.

"Gweld ychydig o'r byd, bwyd da yn eich boliau ac achub eich gwlad rhag y Kaiser.

(Brenin yr Almaen oedd y Kaiser, yn ôl Dai.) Mae'n rhaid i chi ymuno â'r antur fawr, fechgyn. Mae ar eich gwlad a'ch brenin eich angen chi. "

Roedd bod yn filwr yn swnio'n gyffrous ac roedd mwy a mwy o'n ffrindiau'n ymuno â'r fyddin. Doedd Dai a fi ddim am fod yn wahanol a chael ein galw'n enwau cas fel Babi Mam neu Llwfrgi.

Roedd yr wythnosau cyntaf ar ôl ymuno yn hwyl, er bod y sarjant yn y gwersyll yn llai clên na'r un yn y ffair. Cael reiffl yn lle gwn saethu cwningod yn fy llaw a chael gwneud ffrindiau newydd. Roedd Dai a minnau'n mwynhau'r ymarfer, yn enwedig y sgrechian wrth redeg at sach yn hongian oddi ar goeden a sticio'r gyllell oedd ar flaen fy reiffl i mewn iddi.

Ond buan y trodd y chwarae'n chwerw. Lai na mis wedi ymuno â'r fyddin roedd Dai a minnau mewn ffos fwdlyd a drewllyd yn Ffrainc.

Erbyn Nadolig 1914 roedd Dai a dwsinau o'm ffrindiau wedi eu lladd a doedd dim sôn am fynd adre. Roedd gen i gymaint o hiraeth am Dai ac roeddwn i'n ysu am ddianc o'r uffern a mynd adre i roi cwtsh i Mam. Ond feiddiwn i ddim sôn am hynny wrth neb rhag i'r sarjant cas a waeddai arnon ni'n ddi-stop ddod i wybod. Petai hwnnw'n clywed fy mod hyd yn oed yn meddwl am ddianc o'r frwydr byddai'n gorchymyn i mi gael fy saethu yn y fan a'r lle.

Ar fore Nadolig, yn lle bod adre'n gwylio Mam yn paratoi gŵydd cyn mynd i'r gwasanaeth yn y capel, eistedd mewn mwd oeddwn i, a'r reiffl yn fy llaw yn aros am y gorchymyn i ddringo'r ysgol bren a rhedeg ar draws Tir Neb i ladd Almaenwyr – cyn i un ohonyn nhw fy lladd i.

Roedd hi mor dawel â'r bedd yn y ffos y bore hwnnw wrth aros am y chwiban fyddai'n ein gorchymyn i fynd dros y top. Doedd neb yn teimlo fel siarad, roedd pawb yn hiraethu am deulu a ffrindiau. Ond yn lle clywed chwiban clywsom rywbeth rhyfedd – sŵn canu, yn dod o'r ffos yr ochr draw i Dir Neb!

"*Stille Nacht! Heil'ge Nacht! Alles schläft; einsam wacht…*"

"Hei!" gwaeddodd un o'n bechgyn ni. "Maen nhw'n canu carol Nadolig, 'Dawel Nos'!"

"Dangoswn ni iddyn nhw beth yw canu, bois!" gwaeddodd un arall. A dyma ni i gyd yn dechrau canu, "Dawel Nos, sanctaidd yw'r nos, cwsg a gerdd, waun a rhos…"

Yna, dyma Frank yn gweiddi, "Nadolig llawen, Fritz!"

Dim ateb.

"Efallai nad oes neb o'r enw Fritz yno, Frank," gwaeddodd Bob a dyma pawb yn chwerthin.

Yna, dringodd Frank yr ysgol, codi ei ben dros y top a gweiddi eto, "Nadolig llawen, Fritz!"

Roedd yn mynd i gael ei saethu! Ond na, yn lle hynny clywsom lais Almaenwr,

"Nadolig llawen! Paid â saethu. Dydyn ni ddim eisiau ymladd heddiw."

"Iawn, na ninnau chwaith," atebodd Frank.

"Hoffet ti ddarn o siocled? Anrheg Nadolig."

"Paid!" sgrechiodd y sarjant.

Ond roedd hi'n rhy hwyr. Roedd Frank wedi llamu dros y top. Roedden ni i gyd yn disgwyl ffrwydrad gwn a sgrech ond, yn lle hynny, clywsom lais Frank yn galw arnon ni i ymuno ag ef.

"Pam lai?" meddai Bob gan ddringo'r ysgol. A dyma rai ohonon ni yn ei ddilyn i Dir Neb.

Roedd hi'n anodd credu! Dyna lle roedd bechgyn, oedd ychydig oriau ynghynt yn ceisio fy lladd, yn awr yn ysgwyd fy llaw ac yn cynnig siocled ac yn dymuno Nadolig llawen.

"Gêm?" holodd un o'r Almaenwyr gan ddangos pêl i ni.

Edrychodd Frank yn amheus ar y bêl. Beth os mai bom oedd hi? Gafaelodd ynddi yn ofalus, ond pêl ledr go iawn oedd hi!

"Bob," meddai Frank. "Cer di i'r gôl."

"Pa gôl?" meddai Bob yn syn, gan edrych o gwmpas y tir mwdlyd.

"Rho dy gôt yn fan acw ac mi rof i fy nghôt yr ochr draw iddi."

"Ga' i fod yn *outside right*?" holais i.

"Pwy wyt ti'n feddwl wyt ti? Billy Meredith?" meddai Bob yn sbeitlyd.

Billy Meredith, Manchester City, oedd fy arwr. Roedd y cae pêl-droed adre yn anwastad ond roedd y 'cae' hwn fel tonnau'r môr ac yn llawn tyllau lle roedd ffrwydron wedi syrthio. Roedd y bêl yn sboncio'n wyllt ac roedd hi'n anodd rhedeg oherwydd bod ein dillad trwm mor wlyb.

Mi gawson ni un symudiad da. Roedd un o'r Almaenwyr wedi saethu'r bêl at y gôl a Bob wedi llwyddo i'w dal. Yna, cafodd ei thaflu at John Richards a hwnnw'n ei phasio i Frank. Ciciodd hwnnw'r bêl i'r awyr tuag ata i. Mi lwyddais i'w dal hi ar fy mrest, troi i osgoi Almaenwr anferth oedd ar fin fy ngwthio o'r ffordd, a chicio'r bêl tuag at eu gôl nhw. Doedd gan eu gôl-geidwad ddim gobaith. Hwyliodd y bêl heibio ei glust!

"Hei! Ti *yn* debyg i Billy Meredith!" gwaeddodd Frank.

Dyna'r unig gôl gawson ni. Roedd yr Almaenwyr yn llawer rhy gryf a cholli wnaethon ni o dair gôl i un. Ond doedd dim ots am hynny oherwydd roedden ni wedi cael hwyl am y tro cyntaf ers misoedd.

Daeth y gêm i ben pan glywson ni chwiban a llais Capten Bruce Ponsenby-Smith yn gweiddi arnon ni i ddychwelyd i'r ffos ar unwaith. Roedd rhaid ufuddhau, wrth gwrs, er y gallem fod wedi parhau i chwarae am oriau eto. Cyn gadael, dyma pawb yn ysgwyd llaw a dymuno blwyddyn newydd dda.

Mi fues i'n lwcus, mi welais i'r flwyddyn newydd a sawl blwyddyn newydd arall, yn wahanol i Frank a Bob. Ac mi wnaeth y Rhyfel Byd Cyntaf, yn anffodus, sicrhau na fyddai rhai o'r bechgyn a fu'n chwarae pêl-droed ar y bore Nadolig hwnnw yn gweld y flwyddyn newydd chwaith.

Sgwrs â duwies

Branwen Rhys Huws

Reit 'ta. Pa fath o stad sydd ar y byd 'ma heddiw? Hmmm?

Pobl yn gorfwyta yng ngwledydd y gorllewin. *Tsiec.*

Pobl yn llwgu yn Affrica. *Tsiec.*

Llygredd yn yr aer a rhew'r pegynau'n toddi. *Tsiec a tsiec.*

Ac, wrth gwrs, Cymru fach, yn dwt a thaclus. *Tsiec.*

Wel, mae'n edrych yn debyg fod pob dim yn ei le – yn union fel y tro diwethaf edrychais i.

Rargol fawr! Esgusodwch fi, do'n i ddim wedi sylwi'ch bod chi yno! Mae'n ddrwg gen i, wnaethoch chi fy nal i'n siarad â fi fy hun! Gadewch i mi gyflwyno fy hun: fi yw Duwies Rhif Un.

Ie, y brif Dduwies. Rydw i wedi bod yma ers y dechrau, yn cynllunio ac yn gwneud yn siŵr fod pawb a phopeth yn ei le. Fedra i ddim deall pam fod pobl yn meddwl taw dyn greodd y byd. Fasa dyn byth yn medru creu byd mor hardd ag a wnes i. Ond methais yn lân â rhag-weld y dinistr y byddai pobl yn ei wneud i'r Ddaear, ac o fewn cyn lleied o amser!

Rydych chi'n edrych arna i'n syn. Efallai nad oeddech chi'n disgwyl i mi fod yn siarad Cymraeg? Rwy'n medru siarad pob iaith yn rhugl, ond wrth feddwl am yr holl drafferthion y mae'r Ddaear wedi eu hachosi i mi, rhaid cyfaddef taw'r peth gorau ddyfeisiais i oedd Cymru fach.

Cymru yw fy hoff wlad. Mae 'na wledydd sy'n gryfach na hi ac yn fwy na hi, wrth gwrs, a gwledydd sy'n brolio mwy o gyfoeth na hi, ond dyma'r wlad sydd wedi gafael yn dynn yn fy nghalon.

Ie, wn i'n iawn taw fi greodd y mynyddoedd a'r afonydd, y cymoedd a'r llynnoedd i gyd, ond y bobol sy'n gwneud gwlad dda yn wlad wych, ac iaith a diwylliant sy'n gwneud gwlad yn gyflawn. Mae cymaint o arwyr Cymru yma gyda fi, yn cadw llygad ar Gymru.

Ddoe, ro'n i'n taflu pêl rygbi gyda Ray Gravell, y cawr cyfeillgar, sydd wastad yn gadael imi ennill. Bydda i'n rhannu pot o de gydag Owain Glyndŵr yn aml, yn chwarae gwyddbwyll gyda Llywelyn ein Llyw Olaf ac yn mynychu ambell gyfarfod Merched y Wawr gyda Rhiannon a Branwen. Rwy wedi gwirioni'n llwyr! Fydda i byth yn colli pennod o *Rownd a Rownd* na *Pobol y Cwm*, a fiw i mi symud o'r soffa drwy wythnos Eisteddfod yr Urdd a'r Eisteddfod Genedlaethol!

Ond, yn anffodus, dyw gweddill y byd ddim cystal. Gormod o gecru a brwydro. Ro'n i'n ceisio helpu pawb, a chael pawb yn ffrindiau a gwneud y byd yn fwy heddychlon. Ond na, roedd pethau'n mynd o le weithiau. Roedd pobol yn ymladd a gwledydd yn rhyfela, ac ro'n i'n cael trafferth cadw trefn ar bawb. Ac i wneud pethau'n waeth, fe ddigwyddodd rhywbeth ofnadwy. Wn i ddim sut yn union, cofiwch, ond...

Golles i'r remôt.

Do, fe glywsoch chi'n iawn. Wir yr, rŵan. Cris croes, tân poeth.

Mae arna i ofn 'mod i wedi rhoi'r teclyn yn rhywle, a fedra i ddim yn fy myw gofio lle. Mynd ati ryw ddiwrnod i drio gwneud ychydig o newidiadau wnes i, ar ôl diflasu ar dirwedd ambell wlad a chael llond bol ar yr ymladd. Estynnais am y teclyn... a doedd o ddim yna!

Edrychais ym mhob man, cofiwch. I lawr y soffa, tu ôl ac o dan y glôb, ym mhoced pob pâr o jîns ond roedd o wedi mynd. Wedi diflannu. Dros y canrifoedd, dwi wedi gorfod bodloni ar eich gwylio, heb bŵer dros neb na dim. Fedra i ddim newid unrhyw beth heb y teclyn bach, dach chi'n gweld, na'ch helpu mewn unrhyw ffordd.

Ond rhaid i chi ddeall 'mod i'n gwneud fy ngorau glas heb y teclyn – rwy'n gwneud yn siŵr fod pawb yn cyrraedd y nefoedd yn saff. Dyna'r peth lleiaf alla i ei wneud.

Reit 'ta, dyma sut allwch chi helpu. Gan mai newydd gyrraedd yma fel angylion ydach chi, dwi am wneud ffafr â chi. Dwi am eich anfon yn ôl i'r Ddaear yn syth bìn, a gewch chi fywyd arall yno – ar un amod.

Dwi am i chi egluro fy mod i, Duwies Rhif Un, yn caru'r iaith Gymraeg yn fwy na phob iaith arall a bod rhaid i bawb ei siarad (yn fras, o leiaf) cyn fy nghyfarfod i. Dwedwch wrthyn nhw 'mod i am i'r iaith, am y tro cyntaf erioed, fod yn bwysicach na phob peth arall.

Pam? Wel, mae rheswm syml. Mae 'na berygl mawr i'r iaith Gymraeg farw ryw ddiwrnod a dydw i ddim am i hynny ddigwydd. Nawr yw'r amser i wneud rhywbeth, neu ymhen rhai canrifoedd, dim ond iaith yr angylion fydd hi.

Felly, gobeithio eich bod yn deall bod yn rhaid i mi wneud rhywbeth – *unrhyw beth* – i gadw'r iaith hudol yn fyw. Dyma fy ngorchymyn; ar ôl i chi gyrraedd y Ddaear, rhaid dweud y geiriau hyn:

"A hi a ddywedodd – Cymraeg yn gyntaf!"

Ewch! Henffych well, gyfeillion – agorwch eich adenydd led y pen ac ewch i Wlad y Gwyrddni, i Wlad y Gân, Gwlad y Gobeithion – Cymru.

Stori'r tymhorau

T. Llew Jones

Un tro, roedd merch fach o'r enw Catrina yn byw gyda'i modryb. Gwraig greulon oedd ei modryb ac roedd ganddi hithau ferch o'r enw Bertha.

Bertha oedd cannwyll llygad ei mam a phan fyddai Bertha yn gwneud rhyw ddrygioni, Catrina a gâi'r bai bob tro.

Merch ddiog oedd Bertha ac roedd yn rhaid i Catrina wneud y gwaith tŷ i gyd ac os arhosai am funud i gael hoe fach, câi ei dwrdio gan ei modryb.

Tyfodd Catrina yn dal ac yn dlws, yn llawer tlysach na'i chyfnither, Bertha. Prynai ei mam y dillad gorau, mwyaf costus yn y wlad i Bertha ond Catrina, yn ei charpiau, oedd yr harddaf o'r ddwy, serch hynny.

Am ei bod hi mor hardd, aeth Bertha a'i mam i deimlo'n ddig iawn tuag ati a dechreuodd y ddwy feddwl am ffordd i gael gwared ohoni.

Un diwrnod oer ym mis Ionawr, dywedodd Bertha, "Mam, mae'r wlad yn edrych mor llwm. Fe hoffwn i gael tusw o flodau."

"Pa flodau?" gofynnodd ei mam.

"Mm, briallu. Ie, briallu coch a melyn. Gaiff Catrina fynd i chwilio am rai."

"Ond gaeaf yw hi!" meddai Catrina. "Does dim briallu'n tyfu yn y gaeaf."

Dechreuodd Bertha grio a dweud, "Mam,

mae Catrina'n gwrthod mynd i nôl briallu i mi!"

Edrychodd Catrina ar Bertha'n crio. Yna, edrychodd ar wyneb creulon ei modryb. Cododd, ac aeth allan i ganol yr eira, er na wyddai ble y gallai gael briallu ym mis Ionawr.

Aeth allan i'r coed a chrwydro o gwmpas am amser hir, heb weld yr un friallen. Ond allai hi ddim mynd yn ôl i'r tŷ heb y blodau, felly daliodd ati i chwilio drwy'r prynhawn.

Wedi cerdded am amser yn y gwynt a'r eira, daeth at fryn uchel ynghanol y coed. Ar gopa'r bryn llosgai tân mawr. Gan ei bod hi bron â rhewi, aeth tuag ato.

Gwelodd fod pedwar dyn yn eistedd wrth y tân. Ddywedai'r un ohonyn nhw yr un gair wrth ei gilydd, dim ond syllu'n ddistaw i lygad y tân.

Sylwodd Catrina fod un o'r dynion yn eistedd ar orsedd fawr wedi ei cherfio o'r graig. Edrychai'n hen iawn, iawn. Roedd rhychau dwfn ar ei wyneb a chwifiai ei wallt gwyn yn y gwynt.

Yn ei ymyl, roedd bachgen ifanc mewn gwisg werdd. Roedd ganddo wallt melyn, llygaid glas a gwên ddireidus. Roedd Catrina'n ei hoffi ar unwaith.

Yn ymyl y llanc ifanc eisteddai dyn dipyn yn hŷn. Roedd gwisg o aur pur amdano ac roedd golwg hapus a thawel ar ei wyneb.

Roedd y pedwerydd dyn – yr un a eisteddai'r ochr arall i'r hen ŵr ar yr orsedd – wedi ei wisgo mewn dillad o bob lliw. Roedd ei wisg laes yn borffor, aur, coch a gwyrdd.

Doedd yr un o'r pedwar wedi sylwi ar Catrina. Ond roedd hi'n oer ac yn awyddus i fynd yn nes at y tân i dwymo.

"Os gwelwch yn dda…" meddai'n ofnus.

Trodd yr hen ŵr â'r gwallt gwyn ei ben i edrych arni.

"Be sy?" gofynnodd â'i lais fel taran.

"Os gwelwch yn dda, ga' i ddod i dwymo?"

Cydiodd yr hen ŵr yn ei llaw a'i thynnu at

y tân. Roedd ei law mor oer â thalp o rew.

"Pam wyt ti yma?" gofynnodd yr hen ŵr.

"Mae fy nghyfnither, Bertha, am gael briallu…"

Chwarddodd yr hen ŵr.

"Does dim briallu yn y gaeaf. Dylwn i wybod – fi *yw'r* Gaeaf! A dyma fy mrodyr, Gwanwyn, Haf a Hydref. Bydd pob un ohonon ni, yn ei dro, yn eistedd ar yr orsedd. Gan mai'r gaeaf yw hi nawr, fi sy'n eistedd arni. A does dim briallu tra bydda i'n eistedd yma."

Dechreuodd Catrina grio'n dawel. Ond sylwodd fod y bachgen ifanc â'r wisg werdd yn gwenu arni.

"Gad i fi eistedd yn dy le di," meddai wrth ei frawd oedd ar yr orsedd.

"Ond dyw hi ddim yn amser eto!"

Ond gwenodd y bachgen ifanc arno mor dyner nes i'r hen ŵr ddweud,

"O! O'r gorau. Dim ond ychydig o amser, cofia."

Daeth yr hen ŵr i lawr o ben yr orsedd ac aeth y bachgen ifanc i eistedd yn ei le.

Ar unwaith, ciliodd yr eira a'r rhew. Daeth y borfa i'r golwg ac yna'r blodau! Y lili wen fach yn gyntaf, yna'r saffrwm a'r briallu.

"O, diolch yn fawr i chi'ch pedwar!" meddai Catrina ac i lawr â hi i gasglu'r briallu coch a melyn. Yna, i ffwrdd â hi tua thre.

Roedd hi'n braf pan gychwynnodd ond wrth fynd ymlaen drwy'r coed teimlai'n oer eto. Daeth y rhew a'r eira'n ôl. Gwyddai wedyn fod yr hen ŵr wedi eistedd eto ar yr orsedd fawr ar ben y bryn.

"Ble gest ti friallu yn y gaeaf?" gofynnodd Bertha, pan ddaeth hi i'r tŷ. Ni feddyliodd am ddiolch i Catrina ac ni ddywedodd Catrina am y pedwar dyn rhyfedd wrth ei modryb a'i chyfnither.

Trannoeth, dywedodd Bertha'n sydyn,

"Mam! Gaiff Catrina fynd allan i gasglu rhosynnau i mi?"

"Ond Bertha, yn yr haf daw'r rhosynnau. Aros nes daw'r haf."

Ond druan ohoni, mynd allan oedd raid.

Y tro hwn, aeth yn syth at y bryn uchel yng nghanol y coed. Roedd y tân mawr yn cynnau o hyd ac eisteddai'r pedwar dyn rhyfedd yn yr un man.

"Ti eto!" meddai'r hen ŵr wrthi. "Beth wyt ti eisiau y tro hwn?"

"Mae Bertha wedi gofyn am rosynnau…"

Edrychodd yr hen ŵr ar y dyn â'r wên dawel a'r wisg aur a gwnaeth arwydd arno. Daeth hwnnw at yr orsedd ac eistedd yn lle'r hen ŵr.

Ar unwaith, daeth yr haul allan a chanodd yr adar yn y coed. Ciliodd y rhew a'r eira a thyfodd dail a blodau ar y llwyni. Wrth droed y bryn gwelodd Catrina lwyn rhosod yn llawn blodau.

Pan gyrhaeddodd yn ôl i dŷ ei modryb, a'r blodau yn ei llaw, edrychodd Bertha a'i mam ar ei gilydd mewn syndod. Doedd yr un o'r ddwy wedi meddwl y byddai hi byth yn dod yn ôl o'r coed.

Aeth tri diwrnod heibio. Yna, dywedodd Bertha'n sydyn,

"Mam, hoffwn i gael afal i'w fwyta."

"O'r gorau, 'nghariad i," meddai ei mam. "Fe gaiff Catrina fynd allan i edrych am un i ti."

Roedd y ddwy'n gwybod yn iawn nad oedd afalau'n tyfu yn y gaeaf. Ond ni ddywedodd Catrina air y tro hwn. Aeth, heb ddadlau dim.

Aeth drwy'r coed a dod unwaith eto at y bryn uchel. Pan glywodd y pedwar dyn rhyfedd beth roedd Catrina ei eisiau y tro hwn, gwnaeth yr hen ŵr arwydd ar y brawd â'r wisg amryliw. Cododd hwnnw ar ei draed a cherdded at yr orsedd. Roedd Catrina'n synnu at y lliwiau coch a phorffor ac aur yn symud ar hyd ei wisg. Cyn gynted ag yr eisteddodd ar yr orsedd ciliodd y rhew a'r eira unwaith eto. Yn sydyn, roedd ffrwythau aeddfed ar y coed a syrthiodd ambell ddeilen grin o'r brigau i'r llawr.

"Diolch, diolch!" gwaeddodd Catrina a rhedodd i dynnu pedwar afal coch oedd ar y goeden yn ymyl.

Ond cyn iddi gyrraedd adref roedd y rhew a'r eira ar y llawr unwaith eto.

Pan ddaeth Catrina i'r tŷ holodd Bertha a'i mam hi'n fanwl iawn. Ond ni ddywedodd Catrina ddim am y pedwar brawd rhyfedd ar ben y bryn.

Yna, dywedodd Bertha, "Mam? Os gall Catrina gael afalau o'r goeden yn y gaeaf, fe alla i hefyd. Rwy'n mynd allan i chwilio."

"Chei di ddim mynd dy hunan, 'merch i. Mi ddo' i gyda ti."

Ac aeth y ddwy allan i ganol yr eira.

Arhosodd Catrina am amser hir ond ni ddaeth y ddwy yn ôl.

Does neb yn gwybod yn iawn beth ddigwyddodd iddyn nhw. Efallai eu bod wedi mynd ar goll yn yr eira mawr. Neu fod

y pedwar dyn rhyfedd ar ben y bryn wedi
dial arnyn nhw am fod mor greulon tuag at
Catrina. Welodd neb y ddwy byth wedyn.

Ymhen amser, daeth tywysog heibio i'r tŷ
lle roedd Catrina'n byw ar ei phen ei hunan.
Pan welodd hi, allai e ddim bod yn hapus nes
ei chael yn wraig iddo.

Ac am fod Catrina'n gweld y tywysog
ifanc yn debyg i'r bachgen gwallt melyn â'r
wisg werdd a'r llygaid glas a welodd ar ben y
bryn, cytunodd i'w briodi.

Ni fu dau hapusach yn y byd i gyd na'r
tywysog a Catrina – y ferch a wyddai
gyfrinach y tymhorau.

Un

Lleucu Roberts

"Dere i weld dy chwaer fach newydd!"

Gwichiodd y drws mawr derw, trwm yn agored wrth i'w dad ei wthio. Roedd hi'n dywyll, ond drwy gau ei lygaid yn fach, gallai weld ei fam yn ei gwely anferth yn gafael mewn bwndel o garthenni. Gwenodd ei fam

arno ac estynnodd y bwndel ato iddo gael
gweld.

Gwelodd wyneb bach – yr wyneb
prydferthaf erioed – yn syllu arno o freichiau
ei fam.

"Un, dyma dy chwaer," cyhoeddodd y
Brenin Arthur y tu ôl iddo.

"Mae hi mor fach," synnodd Un. Agorodd
ei law wrth ochr y babi bach dwy awr oed a
synnu at y gwahaniaeth maint.

"Wel, rhaid i fi fynd. Gwlad i'w rhedeg."
Plygodd y Brenin Arthur i roi cusan ar foch
ei wraig. Gwyddai Un fod ei fam yn ei golli
pan âi ar ei grwydradau, a phan oedd wrthi'n
rheoli o'i ystafell yn y castell, lle roedd y Ford
Gron.

Ddywedodd ei fam nac Un ddim gair nes
bod y drws mawr derw wedi gwichian ar
gau, dim ond syllu mewn rhyfeddod ar wyneb
y babi bach newydd. Gwyddai Un fod yn
rhaid iddo ofyn cwestiwn i'w fam – cwestiwn
oedd wedi bod yn llosgi twll yn ei ben ers

iddo sylwi ar fol ei fam yn tyfu a gwybod na fyddai'n unig blentyn rhagor.

"Oes enw arni *hi*?"

Er gwaetha'i ymdrech i swnio'n ddidaro, daeth y frawddeg allan fel cyhuddiad. Deallodd ei fam yn syth.

"O, Un bach!" Gosododd y bwndel yn ofalus ar droed y gwely ac estyn ei breichiau i dynnu Un i'w chôl.

"Roedd dy dad mor brysur yn y dyddiau hynny," ceisiodd egluro, "nes i ni fethu cael amser i drafod enwau. Roedd dy dad a finnau wedi bwriadu meddwl am rywbeth gwell nag Un, ond fe aeth yr amser, ac roedden ni wedi arfer â dy alw di'n Un."

"A Dau fydd hon." Dweud, nid gofyn.

"Wel..." dechreuodd ei fam.

"Mam," cyhoeddodd Un ar ei thraws, ac anadlu'n ddwfn. Roedd wedi addo iddo'i hun y byddai'n dweud wrthi heddiw beth roedd e'n bwriadu ei wneud. "Dwi'n mynd i chwilio am enw," meddai yn ei lais dyfnaf un. "Dwi am fynd ar daith drwy Gymru, a phan ddo' i 'nôl, fe fydd gen i enw – enw teilwng i fab y Brenin Arthur."

"Wel!" meddai ei fam, wedi cael syndod mawr. Roedd ei mab bach deuddeg oed yn tyfu'n ddyn. "Cymer di ofal, cofia."

Yna, cofiodd rywbeth, a phlygodd i godi caead hen gist fawr wrth droed y gwely.

"Dyma fe!" ebychodd ei fam, gan dynnu sgrôl lydan allan. Gadawodd i gaead y gist glepian ar gau a lledodd y sgrôl dros y gwely wrth ymyl y babi. Gwelodd Un siâp mawr gwyrdd, fel siâp dynes yn penlinio, yn plygu'i phen, a'i breichiau allan fel pe bai hi'n estyn neu'n erfyn am rywbeth.

"Pwy ydi hi?" holodd.

"Cymru ydi hi," meddai ei fam. "Map ydi hwn. Dos â fo ar dy daith."

★

Cychwynnodd Un ar ei daith y bore wedyn ar

gefn ei hoff geffyl, Twm. Cododd ei law ar ei fam. Chwythodd ei gorn wrth basio'r castell a daeth ei dad i godi llaw arno'n frwd.

Wyddai Un ddim pa ffordd i fynd. Doedd y map ddim yn mynd i fod yn llawer o help iddo gan mai dim ond siâp y wlad oedd arno: dim llwybrau nac afonydd, mynyddoedd na phentrefi na threfi na llynnoedd na dim. Ond fe wyddai Un fod cannoedd o bentrefi yng Nghymru, a phob un ag enw arno. Byddai un o'r enwau'n siŵr o fod yn addas iddo.

Dilynodd ei drwyn nes dod at bentref bach. Doedd neb ar sgwâr y pentref, felly aeth Un i gnocio ar ddrws yr eglwys. Ar ôl aros am funudau cyfan, agorodd drws yr eglwys a daeth pen moel dyn bach i'r golwg.

"Helô? Be ga' i neud i helpu?" holodd y dyn bach mewn llais main.

"Ym… beth yw enw'r pentref?" gofynnodd Un yn nerfus.

"Llangurig," meddai'r dyn bach. "A fi yw Curig. Fy eglwys i yw hon, ti'n gweld."

Roedd Bedwyr, un o farchogion ei dad, wedi dweud wrth Un fod llawer o Lannau yng Nghymru, llawer o eglwysi, a sant yn byw ym mhob un. Dechreuodd sôn wrth y dyn bach moel am ei antur i chwilio am enw.

"Wel, chei di ddim fy enw i," meddai'r dyn bach pen moel. "Bydd rhaid i ti fynd i chwilio yn rhywle arall."

Caeodd y drws yn glep. Dechrau da, meddyliodd Un. Ac os na châi fenthyg enw unrhyw un o Lannau Cymru, beth wnâi? Roedd wedi meddwl erioed mai pobl dda oedd seintiau, ond doedd y dyn bach pen moel ddim wedi bod yn garedig iawn wrtho.

Ar ôl nodi Llangurig ar y map, aeth yn ôl ar gefn Twm a theithio i'r gogledd gyda'r haul ar ei ysgwydd chwith. Ymhen ychydig, roedd wedi cyrraedd Llanidloes a chael yr un ymateb yn union gan hen sant tal, ffroenuchel o'r enw Idloes nad oedd e'n fodlon *o gwbwl* i neb gael ei enw, wir!

Yr un oedd ymateb y seintiau byr a thal,

tenau a thew, pigog a phiwis, yr holl ffordd i Fangor. Machraeth, Baglan, Brothen, Cian, Cybi... doedd yr un ohonyn nhw'n fodlon i Un rannu enw. Merched oedd rhai o'r seintiau – a dechreuodd Un feddwl y gallai ddod o hyd i enw i'w chwaer fach newydd. Roedd sawl Mair (Mair Caereinion, Mair Fechan) ond roedden nhw'n ddigroeso hefyd. Daeth wyneb yn wyneb ag eraill nad oedden nhw'n seintiau: Meirion, Eifion, Arfon, Cwellyn, Elidir, Trefor, Tryfan a Thegid. Nododd bob enw ar ei fap.

Yn ddigalon iawn, aeth ar draws afon Menai ar gwch ond ni chafodd groeso gan Aethwy, na Chefni na Chaffo, na Mair Pwllgwyngyll, ac felly, anelodd yn ôl i'r de. Efallai y byddai pobl y de'n fwy croesawgar.

Ond na, pobl ddigon tebyg i'r gogleddwyr oedd seintiau a phwysigion y de hefyd. Sawl Mihangel (Genau'r Glyn, Glyn Myfyr, y Creuddyn) ddywedodd 'na' yn sarrug?

A Chynfelyn ac Illtud? Cywair a Chain, Marian a Ffraid? Roedd Colman wedi bygwth ei golbio, a Rhystud wedi bygwth rhoi stid iddo; Silin wedi galw'i antur yn 'sili', a dim ond brefu'n annifyr wnaeth Dewi.

Ar ôl pythefnos o grwydro'r wlad, a'i fap yn llawn enwau llefydd, a'i botel inc yn wag, anelodd Un am adref a'i galon yn isel.

"Un!" gwaeddodd ei fam wrth ei weld yn dod drwy'r porth ar gefn yr hen geffyl blinedig. "O! Mae'n dda dy weld di adre!"

Daeth ei dad ato. Daeth ton arall o ddiflastod dros Un wrth feddwl am y siom i'w dad nad oedd ei fab yn gallu dod o hyd i rywbeth mor hawdd ag enw.

"Wel?" gwenodd ei dad arno'n garedig. "Beth ddylen ni dy alw di?"

Llyncodd Un ei boer. Wrth agor ei geg, teimlodd Un ddagrau'n pigo ei lygaid, a chryndod yn ei wefus isaf, ac er iddo'i wasgu ei hun mor dynn ag y gallai a phinsio croen ei fraich chwith â bysedd ei law dde i geisio'i reoli ei hun i beidio â chrio, fe griodd.

"Ro'n i'n chwilio am enw er mwyn
i ti fod yn falch ohona i, ond does neb
eisiau rhannu enw â fi!" gorffennodd, gan
ddisgwyl cerydd gan ei dad.

Ond yn lle hynny, roedd ei dad, y Brenin
Arthur dewrach na holl farchogion y wlad,
wedi rhoi ei fraich am ei ysgwydd, a'i fam,
yr orau o holl famau'r byd, wedi rhoi ei
braich am ei ysgwydd arall.

"Un bach," meddai ei dad, "beth wnawn
ni â ti? Mae dy fam a finnau'n falch iawn
ohonot ti, beth bynnag yw dy enw di. Ond
os wyt ti *wir* eisiau enw gwell, pa enw
sy'n well nag enwau'r holl seintiau a'r holl
bwysigion eraill i gyd?"

"Arthur," meddai Un cyn gallu ffrwyno'i
dafod.

"Arthur ab Arthur amdani felly,"
gwenodd ei dad yn gariadus arno. "Arthur
ab Arthur, fy mab!"

"A Gwenhwyfar erch Wenhwyfar, dy

ferch," gwenodd ei fam ar ei dad, gan estyn
am y sgrôl o sgrepan ei mab.

★

A dyna sut y cafodd Cymru ddau Frenin Arthur
– un yn frenin a ddaeth yn adnabyddus drwy'r
byd fel y Brenin Gorau a Fu Erioed.

A'r llall, y Brenin Arthur ab Arthur ei fab,
a oedd yn frenin caredig a theg fel ei dad.
Dysgodd i bobl rannu enwau â'i gilydd, a
thaenu hapusrwydd drwy'r wlad.

Hwn hefyd oedd y brenin a roddodd
Gymru ar y map.

Y Braw Porffor

Mihangel Morgan

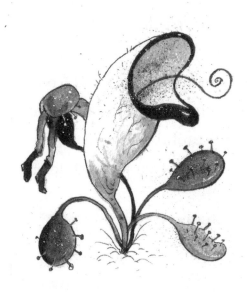

Yn 1899 aeth Cyrnol Charles Braithwaite a'r archeolegydd, Dr Percy Wells, ar daith drwy goedwigoedd Canolbarth America i chwilio am ddinas aur Eldorado. Bryd hynny, roedd y jyngl yn drwch o goed a phlanhigion heb eu cyffwrdd bron gan bobol o Ewrop.

"Rwy'n siŵr bod adfeilion dinasoedd hŷn na'r rhai sydd yn yr Aifft ym mherfeddion y jyngl yma," meddai'r archeolegydd.

Cyflogodd y Cyrnol ddeg ar hugain o bobol gryf i gario offer a nwyddau a bwyd, ac i'w tywys drwy'r diriogaeth ddieithr.

"Cofiwch fod y jyngl yn llawn peryglon," meddai'r Cyrnol wrth Dr Wells. "Nadroedd a chorynnod enfawr, pryfed sy'n cnoi a chynrhon sy'n mynd dan eich croen. Heb sôn am afon sy'n llawn pysgod danheddog a chrocodeilod."

"Wfft!" meddai Dr Wells. "Ar ôl inni ddarganfod y ddinas aur a'i holl drysorau fe fyddwn ni'n gyfoethog ac yn enwog dros y byd i gyd!"

Felly, ymlaen â nhw. Cymerai ddyddiau i gerdded ychydig filltiroedd. Doedd dim ffordd gyflym o dorri llwybr a cherdded drwy'r ddrysfa werdd, dywyll. Roedd y gwres yn annioddefol ac roedd geiriau Braithwaite am y pryfed, y nadroedd, y corynnod a'r cynrhon yn wir. Yn waeth na hynny, roedd y jyngl yn gartref i lygod, cathod mawr gwyllt ac adar ysglyfaethus. Roedd Braithwaite yn galon-galed a saethai bob un o'r bwystfilod yn farw yn y fan a'r lle.

"Rydyn ni'n agosáu nawr at y man lle mae'r adfeilion yn debygol o fod," meddai Dr Wells ar ôl bron i bythefnos o daith. "Dyma lle gwelodd Quesada olion hen deml yn 1569," meddai gan bwyntio at y map wrth godi gwersyll am y nos.

"Ond dyw'r brodorion ddim yn fodlon mynd gam ymhellach," meddai Braithwaite. "Maen nhw'n dweud bod rhywbeth arswydus iawn yn y rhan yna o'r jyngl. Mae'n debyg nad oes neb wedi bod trwy'r rhan hon a byw i ddweud yr hanes."

"Nonsens! Beth allai fod mor arswydus?" gofynnodd Wells.

"Wel, nid bwystfil, ac nid rhywbeth dynol, ond rhyw fath o blanhigyn anferth sy'n cipio dynion a'u bwyta nhw'n fyw. Y Braw Porffor."

"Pa!" chwarddodd y doctor. "Ofergoelion!"

Ond, fore trannoeth, gadawodd y rhan fwyaf o'r brodorion y gwersyll a mynd 'nôl y ffordd ddaethon nhw am adre.

"Ffyliaid! Cachgwn!" gwaeddodd Wells ar eu hôl.

"Dim ond wyth sy'n fodlon mynd ymlaen," meddai'r Cyrnol.

"Mae hynny'n ddigon. Gwynt teg ar ôl y lleill," meddai Wells. "Ymlaen â ni."

Ond aeth tyfiant y jyngl yn ddyfnach a'r llwybr yn galetach i dorri trwyddo.

"Na, na, syr!" meddai un o'r tywyswyr. "Mae'n amhosib. Y Braw Porffor!"

"Peidiwch â gwrando arno," meddai Wells. "Rhaid inni gario ymlaen. Rydyn ni o fewn cyrraedd i neuaddau aur Eldorado!"

Yn sydyn, cliriodd y goedwig ac yno, yn sefyll mewn llecyn agored, roedd cawr o blanhigyn porffor, salw.

Ar wasgar ar hyd y llawr o gwmpas y tyfiant hyll, rhyfedd roedd sgerbydau anifeiliaid a dynion. Dechreuodd dau o'r tywyswyr sgrechian a phararblu yn eu hiaith eu hunain. Mewn fflach symudodd dwy gangen o'r planhigyn a gafael o gwmpas cyrff y ddau fel dwy neidr enfawr ac aeth y ddau'n llipa, wedi'u parlysu yn syth. Rhedodd y brodorion eraill yn ôl drwy'r jyngl gan sgrechian am eu bywydau.

"Dewch 'nôl!" gwaeddodd Dr Wells. "Ffyliaid! Cachgwn!"

Yna'n sydyn, lapiodd un arall o ganghennau'r planhigyn am gorff Dr Wells gan binio'i freichiau i'w ochrau. Roedd y gwenwyn yn y gangen wedi'i daro'n ddiymadferth. Roedd yn llipa fel clwtyn o fewn eiliad.

Heb smic o sŵn, tynnodd Cyrnol Braithwaite ei gyllell fwyaf o'i wregys – cyllell roedd wedi'i defnyddio i dorri llwybr drwy'r jyngl – a mentrodd mor agos ag y gallai at y planhigyn. Haciodd at fôn y canghennau ac wrth eu torri cafodd Wells a'r ddau was eu rhyddhau a'u dadbarlysu. Ond lapiodd canghennau eraill yr un mor sydyn am gorff Braithwaite.

"Rhedwch!" gwaeddodd Braithwaite ar y tri arall. "Rhedwch am eich bywydau," meddai gyda'i anadl olaf.

Wrth iddo redeg, trodd Dr Wells i gael cipolwg ar ei gyfaill dewr yn cael ei orchuddio gan ddail porffor y planhigyn barus.

Y drych

Mared Lewis

Roedd diwrnod Mali wedi dechrau mor dda. Roedd hi wedi codi o'r gwely yn llawn egni ac wedi edrych drwy'r ffenest a gwenu wrth weld yr haul fel pelen o dân mewn awyr las, las. Oherwydd ei bod ynghanol mis Hydref, roedd diwrnodau braf fel 'trysor' – dyna fyddai Nain yn ei ddweud bob amser.

Roedd Mam mewn hwyliau da hefyd pan aeth Mali i lawr y grisiau i gael brecwast.

"Be gymri di heddiw, cyw? Beth am frechdan bacwn i ddechra'r diwrnod yn iawn?"

"Waw, 'swn i wrth fy modd, Mam! Diolch!" atebodd Mali gan sylwi bod Mam yn edrych yn arbennig o ddel, a'r lipstig ar ei gwefusau yr un pinc â'r pinc yn y siwmper newydd roedd hi'n ei gwisgo.

Wrth gerdded y ddau gan metr i'r ysgol, gan siglo ei bag ysgol yn hyderus, dechreuodd Mali feddwl tybed ai heddiw oedd y diwrnod y byddai Glesni Fflur yn gadael iddi ymuno â hi a'r tair neu bedair arall oedd yn chwarae opera sebon amser egwyl? Roedd hynny'n swnio'n gymaint o hwyl i Mali, ac roedd hi wrth ei bodd yn edrych arnyn nhw'n rhedeg hwnt ac yma, ac yn sibrwd mewn grwpiau bach, a breichiau Glesni Fflur yn symud fel melin wynt wrth iddi esbonio i'r lleill beth oedd y stori nesaf yn y ddrama.

Dim ond rhai oedd yn cael ymuno â'r criw opera sebon. Un tro, roedd Dei Huws wedi mynd atyn nhw a gofyn fasa fo'n cael chwarae. Chlywodd Mali ddim beth ddywedodd Glesni wrth Dei ond roedd o wedi cerdded o gwmpas y cae chwarae ar ei ben ei hun am weddill yr amser cinio, a golwg reit drist arno. Roedd hynny wedi bod yn ddigon i wneud i Mali benderfynu na fyddai hi byth yn mentro bod mor bowld â gofyn yr un peth i Glesni.

Beth bynnag, ynghanol gwaith Mathemateg ar ddeiagramau Venn dechreuodd Mali deimlo'n sâl. Roedd Mali wrth ei bodd â'r gwaith fel arfer ond doedd ganddi ddim amynedd o gwbwl efo'r gwaith y diwrnod hwnnw. Gwthiodd ei llyfr oddi wrthi a rhoi ei phen ar y ddesg. Gallai deimlo ei thu mewn yn troi fel dillad mewn peiriant golchi, ac roedd fel petai ei phen poeth wrth ymyl drwm mawr, swnllyd.

"Ti'n iawn, Mali?"

Clywodd Mali lais Catrin Huw yn dyner wrth ymyl ei chlust. Un o griw Glesni oedd Catrin ond roedd rhywbeth annwyl a charedig amdani. Yna, torrodd llais arall ar draws:

"Neb i sbio ar Mali! Mae hi jest isio sylw! Hen fabi ydi hi!"

Torrodd llais Glesni Fflur fel cyllell trwy'r gwlân cotwm ym mhen Mali. Doedd dim modd peidio sylwi ar y tinc annifyr yn ei llais.

Clywodd Mali rywun yn giglan ond doedd hi ddim yn teimlo'n ddigon da i godi ei phen i weld pwy oedd yn chwerthin. Rhyw hen giglan nerfus isio-plesio oedd o, a doedd dim prinder genod oedd eisiau plesio Glesni Fflur.

Cododd Mali a mynd at Miss Preis yr athrawes i ddweud nad oedd hi'n teimlo'n rhy dda. Cafodd eistedd yn stafell Mr James y Prifathro dros amser cinio, a'i phen ar y ddesg a glasied o ddŵr wrth ei hymyl. Yna, daeth Mr James i mewn a dweud ei fod wedi ffonio'i mam a'i bod hi ar ei ffordd i'r ysgol i nôl Mali.

Ni chofiai Mali lawer ar ôl hynny, dim ond rhyw gof o'i mam yn gafael amdani'n dyner, a'i rhoi yn ei gwely fel petai hi'r ornament mwyaf gwerthfawr yn y byd i gyd. Yn union fel roedd Nain yn arfer gwneud...

Aeth oriau heibio, a'r oriau hynny'n troi'n ddiwrnodau, i gyd yn toddi i'w gilydd. Breuddwydiodd Mali am ddeiagramau Venn lliwgar yn troelli fel olwynion Catrin yn ei phen, yn tasgu gwres a fflamau wrth symud yn nes at ei gilydd. Roedd Mali'n teimlo'n andros o boeth, ac eto'n andros o oer ar yr un pryd. Gallai glywed ei mam wrth ei hymyl ambell waith, er nad oedd hi wedi clywed gwich y drws yn agor na dim byd felly. Gallai glywed tincial llestri weithiau hefyd, ac wedyn sŵn y llestri'n tincial eto wrth i'w mam fynd â nhw oddi yno, heb i Mali edrych pa fwyd a diod oedd ynddyn nhw. Cofiai yfed dŵr bob hyn a hyn, a'i mam yn gadael iddi bwyso'n drwm arni hi wrth iddi wneud, a gafael yn ei thalcen. Roedd y dŵr oer yn teimlo'n braf ar ei thafod ond, ymhen dim, roedd y gwres yn codi eto, a theimlai Mali fod y dŵr yn berwi y tu mewn iddi.

★

Yn y bore digwyddodd o. Roedd Mali wedi teimlo dipyn bach gwell, wedi cymryd ychydig o lefrith gan ei mam i frecwast, ac wedi aros yn effro wedyn yn lle mynd 'nôl i gysgu.

"Gwell lliw arna chdi heddiw, Mali!" meddai Mam, gan wenu ac edrych yn hapusach nag arfer.

Meddyliodd Mali y gallai hi godi a mynd lawr grisiau i orwedd ar y soffa i wylio'r teledu, ond roedd hyd yn oed meddwl am y peth yn gwneud iddi deimlo'n flinedig.

Ac yna fe welodd yr hogan yn y drych.

Drych mawr hir oedd gan Mali yn ei stafell, drych hir, siâp wy oedd yn gadael i chi weld yn iawn o dop eich pen i'ch

sgidiau. Hen ddrych Nain oedd o wedi bod,
pan oedd hi'n hogan fach, ond roedd Mali
wedi ei licio fo erioed. Pan fu farw Nain,
roedd Mali wedi ei gael i gofio amdani.

Roedd Mali wedi dechrau meddwl mai ei
llygaid oedd yn chwarae triciau, oherwydd
roedd hi wedi bod yn gweld pethau digri
pan oedd ganddi wres uchel − y patrwm ar
y papur wal yn troi ac yn neidio, a rhyw
anghenfil gwyrdd oedd y potyn blodau ar
y ffenest. Rhwbiodd ei llygaid a symud ei
phen i edrych at y ffenest ac yna'n ôl at y
drych. Fel arfer, roedd hynny'n gweithio.
Ond y tro yma, wrth i Mali edrych 'nôl ar y
drych, roedd yr hogan yno o hyd! Hogan efo
gwallt hir brown oedd hi, a rhyw dop gwyn
amdani. Trodd Mali yn sydyn i edrych ar y
wal tu ôl iddi, rhag ofn fod ei mam wedi rhoi
poster newydd ar y wal, ac wedi anghofio
sôn wrthi. Ond doedd dim byd ar y wal.

"Ti'n sâl?" meddai'r hogan, wrth edrych
yn boenus ar Mali.

"Dwi 'di bod yn sâl ofnadwy!" meddai Mali, gan feddwl yn sydyn tybed oedd hi'n swnio fel tasa hi'n brolio. "Ffliw, medda Mam," ychwanegodd.

"Dwi 'di bod yn sâl hefyd," meddai'r hogan, a golwg drist arni. Ac yna fe wenodd ar Mali. Roedd ganddi ddannedd gwyn, syth, ac roedd ei gwên yn cyrraedd ei llygaid ac yn gwneud iddyn nhw sgleinio.

"Wyt ti'n unig?" gofynnodd yr hogan eto.

A dweud y gwir, doedd hi ddim wedi teimlo'n unig o gwbwl tan heddiw, gan ei bod wedi bod yn cysgu'r rhan fwyaf o'r amser, ond roedd hi wedi teimlo'r oriau'n araf iawn heddiw, gan ei bod yn effro ac yn teimlo dipyn bach gwell.

"Yndw, braidd," atebodd Mali.

"Gawn ni fod yn ffrindia?" gofynnodd yr hogan, a theimlodd Mali'n gynnes neis tu mewn wrth iddi glywed y geiriau.

Cododd Mali o'i gwely a mynd yn nes at y drych. Doedd hi ddim yn hawdd gweld y

stafell roedd yr hogan yn sefyll ynddi ond
roedd ei hwyneb yn berffaith glir. Sylwodd
Mali ar y brychau haul ar ei thrwyn ac ar ei
bochau, ar y llygaid gwyrdd oedd yn atgoffa
Mali o liw dail newydd, ifanc. Roedd ganddi
ffrinj, yn union fel y ffrinj roedd Mali yn
trio'i dyfu, a gallai Mali weld bod yna wawr
sinsir ddel i wallt yr hogan, fel oedd yng
ngwallt Mali.

"Be 'di d'enw di?" meddai Mali.

"Lisa," meddai'r hogan.

"Lisa…" meddai Mali. Dyna un o hoff
enwau Mali! Roedd wedi cael dol ar ei phen-
blwydd yn bump oed, a Lisa oedd enw honno.
Nain a Mali oedd wedi enwi'r ddol ar y
pnawn heulog yn yr ardd.

"Dyna'n enw canol i, yli!" roedd Nain wedi
ei ddweud. Ac roedd Mali wedi syrthio mewn
cariad efo'r enw ar y pnawn melyn braf
hwnnw.

Dyna ryfedd mai Lisa…

Clywodd gnoc fach, fach ar y drws, a
rhwbiodd y drws ar agor.

"Be ti'n neud ar dy draed? Ma' raid bo
chdi'n dechra teimlo'n well!" meddai Mam.

Edrychodd Mali ar ei mam ac yna'n
frysiog yn ôl ar y drych. Ond yr unig beth a
welai wrth edrych arno oedd adlewyrchiad ei
stafell hi ei hun. Doedd dim golwg o Lisa!

Teimlodd Mali'n flin efo Mam mwyaf
sydyn, a cherddodd yn ôl i'w gwely, gan
eistedd yn drwm a chroesi ei breichiau!

"Ma' raid bo chdi'n dechra teimlo'n well
os oes 'na dipyn o dempar wedi dŵad yn ôl!"
meddai Mam, ond roedd hi'n gwenu wrth
ddweud. "Be hoffet ti i ginio?"

★

Roedd hi tua diwedd y pnawn ac yn
dechrau tywyllu tu allan. Roedd Mali wedi
bod yn effro ac yn edrych drwy'r ffenest ar
yr awyr yn mynd yn llwyd golau, yna'n
llwyd tywyllach, ac yna'n ddu. Rhyfedd,
meddyliodd, fel nad ydw i wedi sylwi ar y

dydd yn dod i ben o'r blaen, gan 'mod i mor brysur fel arfer yn gwneud pethau eraill.

Roedd hi'n dal i deimlo braidd yn flin. Doedd dim golwg o Lisa ers i'w mam ddod i mewn a drysu pob dim. Ond drysu beth mewn gwirionedd? Wrth orwedd yn ei gwely a meddwl, roedd Mali wedi dechrau amau a oedd Lisa wedi ymddangos o gwbwl, ac mai ei phen chwilboeth oedd yn chwarae triciau â hi eto.

Edrychodd Mali ar y drych am y canfed tro y pnawn hwnnw. Ond, y tro 'ma, roedd Lisa yno, yn edrych arni hi.

"Helô!" meddai, gan wenu. "Sut wyt ti'n teimlo erbyn hyn?"

"Gwell! Lot gwell!" meddai Mali, gan wenu'n llydan yn ôl.

Allai Mali ddim credu fod oriau wedi mynd heibio ers iddi hi a'i ffrind gorau, Lisa fod yng nghwmni ei gilydd.

Roedden nhw wedi chwarae mig, wedi cael eisteddfod smalio, a phob un yn gorfod canu pennill unrhyw gân a gwneud rhywbeth gwirion ar yr un pryd. Dewis Lisa oedd canu rhyw hen bennill yn sefyll ar un goes heb syrthio! Pan ddaeth tro Mali, adrodd rhywbeth roedd hi wedi ei ddysgu yn yr ysgol wnaeth hi, a gwneud hynny gan wisgo basged fach yn llawn mwclis ar ei phen. Rhowliodd y genod, a'r mwclis, ar y llawr – roedd y ddwy yn chwerthin gymaint!

Yna, dyma Lisa'n rhoi pluen fechan wen i orwedd ar bont ei thrwyn gan drio canu 'O, lili wen fach, o ble daethost ti?' Ac roedden nhw wedi siarad a siarad am bethau doedd Mali erioed wedi siarad amdanyn nhw efo neb o'r blaen, pethau roedd hi wedi eu cuddio mewn atig dywyll yn ei meddwl; am Dad yn gadael Mam ar ben-blwydd Mali yn wyth oed, am Nain yn mynd yn sâl ac yn marw, am Glesni Fflur, a sut roedd hi'n gwneud i Mali deimlo'n wag ac yn unig. Ac roedd Lisa fel petai'n deall yn iawn.

"Mae hi'n swnio'n hogan annifyr iawn.

Pam wyt ti isio i hogan fel'na fod yn ffrind i ti?" gofynnodd Lisa. Ac yn sydyn, roedd Mali fel petai'n gweld pethau'n glir am y tro cyntaf erioed.

"Mali? Amser mynd i gysgu…"

Y tro yma, clywodd y ddwy lais mam Mali yn y coridor. Cafodd y ddwy gyfle i edrych yn llygaid ei gilydd a chodi llaw, cyn i fam Mali dorri ar yr hud.

★

Dridiau'n ddiweddarach, roedd Mali'n teimlo'n llawer gwell ac wedi mynd yn ôl i'r ysgol. Roedd Miss Preis yn falch o'i gweld hi ac roedd Mali wedi medru dal i fyny efo'r gwaith roedd hi wedi ei golli heb drafferth. Roedd blas da ar y cinio gan Anti Mair y gogyddes hefyd, a theimlai Mali'n falch ei bod yn well ac yn ôl yn yr ysgol.

Ond roedd rhywbeth wedi newid. Pan geisiodd Glesni Fflur gael y plant eraill i beidio cymryd sylw o Mali a gwneud iddi deimlo'n unig, doedd dim ots gan Mali. Aeth i ben pella'r iard amser cinio, a dechrau chwarae *hopscotch* ar ei phen ei hun. Ond doedd hi ddim ar ei phen ei hun yn hir.

"Ga' i ddod i chwara hefyd?" gofynnodd llais y tu cefn iddi.

Trodd Mali a gweld Catrin Huw yn sefyll yno, yn wên i gyd.

"Sori... be?" gofynnodd Mali, rhag ofn ei bod wedi clywed yn anghywir.

"Faswn i'n licio chwara *hopscotch* efo chdi. Ga' i?" gofynnodd Catrin Huw, ac wedyn, edrychodd ar y llawr a dweud yn swil, "Mae'n neis cael chdi'n ôl, Mali!"

"Cei siŵr, Catrin!" meddai Mali, a gwenu'n ôl.

Allai Mali ddim disgwyl i rasio adref a rhuthro i fyny'r grisiau i'w stafell wely, ac at y drych er mwyn dweud hanes y diwrnod i gyd wrth Lisa.

Ond, er iddi ddisgwyl a disgwyl, ddaeth

Lisa ddim i'r golwg. Dim ond adlewyrchiad Mali oedd yn sbio 'nôl arni. Ac yna daliodd rhywbeth ei llygad. Ar y carped, wrth waelod y drych hir, siâp wy, roedd pluen fechan wen yn siglo'n ysgafn yn yr awel. Cododd Mali hi oddi ar y llawr, a'i rhoi i gosi cledr ei llaw.

Edrychodd Mali ar ei hadlewyrchiad yn y drych ac roedd hi'n siŵr iddi glywed rhyw chwerthiniad bach direidus yn dod o rywle...

Y sied

Sian Northey

Roedd Siôn wedi rhoi'r gorau i wahodd ei
ffrindiau i'r tŷ i chwarae.

Ond, ers talwm, pan oedden nhw'n blant
bach, roedd pawb yn dod i dŷ Siôn i chwarae.
Roedd pawb yn hoffi mynd yno oherwydd
doedd Olwen, mam Siôn, byth yn flin. Doedd
hi byth yn rhoi cerydd iddyn nhw am golli

briwsion ar lawr neu am gerdded trwy'r tŷ
mewn esgidiau mwdlyd. Pan wnaeth Mared
lanast ofnadwy un tro efo sôs coch wnaeth
Olwen ddim byd ond chwerthin a sychu'r
gwaethaf ohono oddi ar y wal. Yn nhŷ Siôn
roedden nhw'n cael chwarae efo paent a glud
a chlai ar lawr yr ystafell fyw. Yn nhŷ Siôn
roedden nhw'n cael pob math o anturiaethau
yn yr ardd heb boeni am sathru ar y blodau.

Roedd hi'n anodd dweud beth yn union
oedd wedi newid. Dewisodd Siôn un gwydryn
allan o'r domen o lestri budron, ei olchi a'i
lenwi â sudd oren cyn eistedd i lawr wrth
fwrdd y gegin. Gwthiodd y domen o bapurau
i un ochr i wneud lle i'r gwydryn ar y bwrdd.
Efallai fod y tŷ wedi bod fel hyn erioed,
meddyliodd, ond dim ond yn ddiweddar roedd
o wedi sylwi. Ac unwaith roedd o wedi sylwi,
roedd ganddo gywilydd dod â'i ffrindiau
yno. Roedd tai ei ffrindiau yn lân ac yn
daclus. Roedd rhieni Dylan wedi rhoi carped
newydd yn eu hystafell fyw, roedd dillad Jac

wedi eu cadw mor dwt â dillad mewn siop
yn ei gwpwrdd ac roedd mam Mared byth
a hefyd yn peintio neu'n papuro. Edrychodd
Siôn ar wal y gegin. Melyn oedd hi wedi
bod erioed a'r unig newid oedd fod y melyn
bellach yn felyn budr.

Canodd cloch y drws ffrynt a gafaelodd
Siôn yn ei gôt cyn mynd i'w ateb.

"Ty'd," meddai wrth Mared, gan gau'r drws
yn sydyn y tu ôl iddo cyn iddi weld y llanast
a'r gwe pry cop a'r llwch. Roedd y ddau wedi
trefnu i fynd i wylio brawd mawr Mared yn
chwarae pêl-droed ac ar ôl hynny aeth Siôn
adref efo Mared. Roedd mam Mared wedi
paratoi llond plât o frechdanau a bu'r ddau'n
eistedd yn llofft Mared yn chwarae gêm ar ei
chyfrifiadur a bwyta'r brechdanau. Sylwodd
Mared fod Siôn yn edrych o gwmpas yr
ystafell.

"Canolbwyntia ar y gêm!" meddai.

"Braf arnat ti efo stafell fel hyn," meddai
Siôn gan droi ei sylw yn ôl at y sgrin.

Ond wnaeth Mared ddim byd ond codi'i hysgwyddau.

★

Pan aeth Siôn adref edrychodd ar ei lofft ei hun. Roedd hi'n fach, fach ac yn flêr, flêr. Roedd papur wal Sam Tân yn dal ar un wal, ac er bod Siôn wedi trio ei guddio efo posteri roedd hi'n dal yn bosib ei weld. Weithiau, roedd ei fam yn defnyddio'i lofft o i gadw pethau nad oedd lle iddyn nhw mewn unrhyw le arall yn y tŷ. Heddiw roedd dau focs mawr o fwyd cath wedi ymddangos wrth ochr ei wely. Mwyaf sydyn, allai Siôn ddim dioddef y lle. Gadawodd y llofft ar frys gan roi clep i'r drws. Baglodd ar domen o ddillad budron oedd yn gorwedd ar y grisiau. Rhoddodd glep i ddrws y cefn wrth fynd allan i'r ardd.

Doedd yr ardd ddim llawer gwell na'r tŷ. Gardd o chwyn a drain a danadl poethion oedd hi bellach, y tŷ gwydr yn wag ac wedi

malu a doedd neb yn defnyddio'r sied fechan
oedd ger y drws cefn. Yn fan'no roedd Siôn yn
cadw'i feic pan oedd o'n fach, a bu ganddo
fochyn cwta oedd yn byw yn ei gawell yn y
sied. Teimlodd Siôn don o hiraeth am Waldo'r
mochyn cwta a'r adeg pan fyddai'n eistedd
yn y sied yn sgwrsio gyda'r anifail bychan ac
yn gwneud yn siŵr fod ei gawell yn lân a bod
ganddo ddigon o wair cynnes i gysgu ynddo.
Cerddodd yn ofalus heibio'r danadl poethion
at ddrws y sied a'i agor yn araf. Agorodd y
drws yn syndod o rwydd a chamodd Siôn i
mewn.

Rhyfeddodd nad oedd dim byd wedi newid
yn y sied ers i Waldo farw. Roedd y gawell
yn dal yn erbyn y wal bellaf a'r beic, oedd
yn llawer rhy fach i Siôn erbyn hyn, wrth ei
hymyl. Syllodd Siôn mewn syndod. Roedd
rhywbeth yn od ynglŷn â'r sied ac am funud
allai o ddim deall beth. Roedd hi'n teimlo
mor fawr er mai sied fechan iawn oedd hi.
Ac yna sylweddolodd – doedd dim llanast

yno. Roedd llwch ar y llawr pren ac roedd gwydr y ffenest yn fudr, ond doedd y tomenni o bethau di-drefn a lenwai'r tŷ heb gyrraedd y sied. Eisteddodd ar yr hen gadair oedd wrth ymyl cawell Waldo. Ar honno roedd o'n arfer eistedd yn gwylio'r anifail bywiog yn bwyta moron. Roedd Waldo wedi cael ei drin fel tywysog bach gan bawb. Gan fod trydan yn y sied roedden nhw hyd yn oed wedi rhoi rheiddiadur trydan bychan yno i'w gadw'n gynnes yn y gaeaf.

Roedd brws yn pwyso yn erbyn y wal. Ar ôl ychydig funudau cododd Siôn a gafael yn y brws. Dechreuodd sgubo'r llawr a hel yr holl lwch a darnau gwellt yn domen fechan. Gafaelodd mewn rhaw, codi'r llanast a'i daflu allan o'r cwt. Wrth iddo wneud hynny clywodd ei fam yn galw arno. Caeodd ddrws y sied yn ofalus a mynd yn ôl i'r tŷ.

Trannoeth, aeth Siôn yn ôl i'r sied. Gafaelodd yn yr hen feic a'i wthio i'r siop elusen oedd ar waelod y stryd. Wrth adael y siop gwelodd rŷg lliwgar. Roedd tocyn arno yn dweud 75c. Tyrchodd Siôn yn ei bocedi a llwyddo i gael 75c. Teimlai braidd yn wirion yn cerdded i fyny'r stryd yn cario darn o garped du a melyn ond roedd yn gwenu wrth ei osod ar lawr glân y sied.

Un diwrnod, roedd o yn nhŷ Mared a gofynnodd i'w mam, "Ydi paent yn ddrud, Mrs Jones?" Pan ddeallodd mam Mared ei fod am beintio sied yn ei ardd, rhoddodd ychydig duniau o baent oedd ganddi dros ben iddo. Cynigiodd Mared ddod i'w helpu, ond gwrthod ei chynnig wnaeth Siôn. Ei gyfrinach o oedd y sied. Treuliodd benwythnos cyfan yn peintio.

"Be ti'n neud yn y sied 'na ar ddiwrnod braf fel hyn?" holodd ei fam. Ond wnaeth o ddim ateb. Gan fod ffasiwn annibendod yn y tŷ wnaeth hi ddim sylwi fod sawl peth wedi diflannu – y cadeiriau picnic oedd heb eu defnyddio ers blynyddoedd, ambell glustog, tri mẁg a thri gwydryn o'r gegin. Gwenodd

Siôn wrth osod y gwydrau ar y silff a photel
o lemonêd wrth eu hymyl. Tynnodd ddarn o
bapur a phensel o'i boced, eistedd ar un o'r
cadeiriau a dechrau gwneud rhestr:

bisgedi
tun bisgedi
tegell a bagiau te
diod oren

Edrychodd ar y wal foel o'i flaen am funud
cyn sgwennu:

poster tîm Lerpwl

Y diwrnod wedyn roedd Siôn a Mared a
Dylan yn cerdded adref o'r ysgol. Tŷ Siôn
oedd yr agosaf at yr ysgol.

"Ydach chi isio diod neu rwbath?"
gofynnodd Siôn.

Edrychodd Mared a Dylan ar ei gilydd
mewn syndod ond wnaeth yr un o'r ddau
ddweud dim.

"Mae gen i ddiod oren, neu lemonêd, neu

mi allwch chi gael panad o de," ychwanegodd
Siôn.

"Ym, ia, diolch yn fawr," atebodd Mared
braidd yn betrus ac fe drodd y tri i gyfeiriad
tŷ Siôn. Cychwynnodd Mared a Dylan ar
hyd y llwybr oedd yn arwain at y drws ffrynt.

"Na, na, dowch ffordd hyn," meddai Siôn
a'u harwain at y giât i'r ardd. Roedd o wedi
torri llwybr taclus o'r giât trwy'r danadl
poethion at y sied. Ddywedodd Mared na
Dylan ddim gair. Agorodd Siôn ddrws y sied.

"Dowch i mewn," meddai.

Ac fe ddilynodd Dylan a Mared gan ddilyn
ei esiampl a sychu eu traed ar y mat oedd
wrth y drws.

"Steddwch," meddai Siôn gan dywallt diod
oren i wydrau a gosod y tun bisgedi ar y bocs
oedd fel bwrdd coffi. Pwysodd fotwm a llifodd
cerddoriaeth o sbîcars oedd wedi eu gosod y
tu ôl i fariau hen gwt Waldo.

"Cŵl!" meddai Mared a Dylan efo'i gilydd
fel parti llefaru.

"Dy fam sydd wedi gwneud hyn?"

"Nage, fi."

"Ti'n lwcus. Fydda Mam byth yn gadael i mi neud be dwi isio efo'n sied ni," meddai Dylan.

"Lwcus iawn," ychwanegodd Mared gan roi winc ar ei ffrind ac estyn am fisgeden arall.

Ar ôl i Mared a Dylan fynd adref aeth Siôn i olchi'r llestri o dan y tap dŵr oer oedd wrth y sied. Yna eu sychu, eu gosod yn ôl ar y silff yn yr union le iawn ac eistedd i lawr i ddarllen y gerdd am eliffantod oedd yn rhan o'i waith cartref.

Daeth cnoc ar y drws.

"Dowch i mewn," meddai gan feddwl mai Dylan neu Mared oedd wedi dod yn ôl. Ond ei fam oedd yno. Wnaeth hi ddim dweud dim byd am amser hir.

"Fysach chi'n licio panad, Mam?"

Gwnaeth Siôn baned o de i'w fam a'i gosod ar y bocs oedd yn fwrdd. Yfodd ei fam y te yn araf gan rythu o gwmpas y sied.

"Mae fama mor braf, Siôn. Mi fyddwn i
wrth fy modd yn cael lle bach twt fel hyn i
eistedd yn dawel ar ôl dod adref o'r gwaith."

"Wel, dach chi'n gwbod y stafell fach drws
nesa i'r gegin? Fyddai hi ddim yn anodd
gwneud rhywbeth yn fan'no."

Gwelodd fod ei fam yn edrych yn betrus.

"Mi wna i'ch helpu chi os dach chi isio."

Gwenodd ei fam arno. "Mi fyddai hynny'n
wych, Siôn."

Yr awduron

Mared Llwyd

Mae Mared yn athrawes Blwyddyn 6 yn Ysgol Gymraeg Aberystwyth ac mae'n byw yn Nhre Taliesin gydag Elgan ei gŵr, Leusa ei merch fach a Mostyn y ci.

Leusa Fflur Llewelyn

Mae Leusa'n dod o Lanuwchllyn ond mae'n byw yng Nghaerdydd erbyn hyn. Mae'n gweithio i Lenyddiaeth Cymru ac wrth ei bodd yn darllen am fyd ffantasi. Mae wedi cyhoeddi dwy nofel i blant, sef *Nico* a *Pen yr Enfys*.

Stella Gruffydd

Daw Stella o'r Bontnewydd ger Caernarfon ac mae'n bennaeth ar Ysgol Bro Lleu yn Nyffryn Nantlle. Hi yw awdur *Haws Dweud* ac addasiadau o *William Jones* a *Te yn y Grug* i blant, a llawer o lyfrau ar gyfer ysgolion.

Haf Llewelyn

Mae Haf yn byw yn Llanuwchllyn ac mae'n mwynhau ysgrifennu barddoniaeth a rhyddiaith. Mae wedi cyhoeddi nifer o nofelau i oedolion ac i blant, gan gynnwys *Breuddwyd Siôn ap Rhys* a *Diffodd y Sêr* – nofel am y bardd Hedd Wyn a enillodd Wobr Tir na nOg 2014.

Gareth William Jones

Mae Gareth wedi cyhoeddi cyfres o lyfrau am fechgyn yn chwarae rygbi, llyfr am fachgen yn chwarae golff ac am ferch yn canu'r piano. Mae wrth ei fodd yn chwarae golff ac yn chwarae pêl-droed gyda'i wyrion Steffan, Tomos, Math a Cai.

Branwen Rhys Huws

Magwyd Branwen yn Aberarth, ger Aberaeron, cyn symud gyda'i theulu i Lanfairpwllgwyngyllgogerychwyrndrobwllllantysiliogogogoch. Bellach, mae'n byw yn Nolgellau ac yn gweithio i wasg y Lolfa yn Nhalybont. Mae hi'n hoff iawn o datws.

T. Llew Jones

T Llew Jones yw brenin llenyddiaeth plant yng Nghymru. Cyhoeddodd dros 50 o lyfrau i gyd. Mae Diwrnod T. Llew Jones yn cael ei gynnal ar 11 Hydref bob blwyddyn, sef diwrnod ei ben-blwydd, i gofio am ei waith anhygoel.

Lleucu Roberts

Mae Lleucu wedi ysgrifennu tua 14 o nofelau, ac enillodd Wobr Tir na nOg gydag *Annwyl Smotyn Bach* a *Stwff Guto S. Tomos*. Mae'n byw yn Rhostryfan gyda Pod a phedwar o blant ac mae'n disgrifio'i hun fel person gweithgar, gwyllt a gwirion.

Mihangel Morgan

Mae'n byw yn Nhal-y-bont, Ceredigion, gyda'i gath a phedwar ci. Mae ganddo lawer o blanhigion mawr a rhyfedd yn tyfu yn ei ardd ac yn ei fwthyn bach. Cyhoeddodd gyfrol o gerddi i blant (*Creision Hud*) a nifer o lyfrau oedolion, ac yn 2013 cyhoeddodd ei nofel gyntaf i blant, sef *Y Planhigyn*.

Mared Lewis

Mae Mared yn byw ar Ynys Môn ac yn fam i Elis ac Iddon. Mae wrth ei bodd yn ysgrifennu, darllen, gwneud ioga a cherdded. Cyhoeddodd ddwy nofel i oedolion ac *Alffi*.

Sian Northey

Mae Sian yn mwynhau gwneud pob math o ysgrifennu – ffuglen i blant ac oedolion, barddoniaeth, erthyglau a sgriptiau *Pobol y Cwm*. Ei nofel ddiweddaraf i blant yw *Y Gwaith Powdr*. Mae'n byw ym Mhenrhyndeudraeth gyda ci o'r enw Cêt a dwy gath – Tegan a Du Bach.

yⁿLolfa

Beth am Stori?

10 STORI FER I BLANT

Gwen Lasarus   Mia Ffransis Roberts   Elena Gruffudd
Gwenno Hughes   Leon Balen   Mared Llwyd
Gareth William Jones   Sian Northey   T. Llew Jones

£4.95

Am restr gyflawn o lyfrau'r Lolfa, mynnwch
gopi am ddim o'n catalog
neu hwyliwch i mewn i'n gwefan

www.ylolfa.com

lle gallwch archebu llyfrau ar-lein.

TALYBONT CEREDIGION CYMRU SY24 5HE
ebost ylolfa@ylolfa.com
gwefan www.ylolfa.com
ffôn 01970 832 304
ffacs 832 782